「おっぱい」は
にけ吸うがいい

加島祥造
Kajima Shozo

a pilot of wisdom

目次

「呪縛」から抜けだせなかったエリオット
ロレンスの愛の直観力
ひとたび根づくとタオの根は抜けない

第二章 「タオ」につながるグレートなバランス感覚
――ウィリアム・フォークナー

フォークナーの翻訳は僕の出世作
フォークナーに会って感じた威厳と優しさ
作品に通底するグレートなバランス感覚
「ヨクナパトーファ・サーガ」での人物再登場
善があるから悪がある
一回り大きなバランスで考えようか
黒人の乳母が伝えた、深い優しさ
フォークナーの故郷で考えたこと
フォークナーの「優しさ」は白人の優越意識なのか

構成／宮内千和子
巻末資料デザイン／今井秀之

序章　大地の「おっぱい」を求めつづけた
先だつのことを語ろう

まず、この書を始めるにあたって、僕が英文から口語体で自由に訳した『老子道徳経《ろうしどうとくきょう》』から、次の訳詩を紹介しよう。この大地のエナジーが湧《わ》き上がるような老子の言葉を、僕が生涯を通して尊敬し、愛してやまない、D・H・ロレンス、ウィリアム・フォークナー、マーク・トウェイン、幸田露伴《こうだろはん》……、この偉大なタオイストたちに捧《ささ》げたい。

*

「おっぱい」は好きなだけ吸うがいい

世間の人は
頭を使いすぎる。
頭を使うことは止めて
自分の内側のバランスをとってごらん。

すると心配や憂鬱がどんどん薄らぐ。
だいたい、
世間が「よし」とか「だめ」とか言ったって
それが君にとって何だというんだね？
「善い」と褒《ほ》められたって
「悪い」と貶《けな》されたって
どれほどの違いがあるかね。

みんながびくびくすることに自分も
びくびくしていたら、
切りがないんだよ――果てしがないんだよ。

そりゃあ、確かに
世間と仲良くすれば

一緒に陽気に楽しめるさ。
宴会で飲み喰いして騒いだり、
団体旅行で海外に出たりしてね。

一方、私みたいな人間はひとりきりで
うそうそしている。目立たない存在で
ろくな笑い声も立てない。
みんなは物をたっぷり持っているのに
こっちは何も持たず、
ひとり置き去りにされ
馬鹿みたいに扱われて
まごまごしている。
他の連中は陽《ひ》のさす所にいて
こっちはひとり、陰《かげ》にいる。

他の連中は素早く動いて手も早いのに
こっちはひとり、もぞもぞしている。
海みたいに静まりかえってるし
風に吹かれてあてどなくさまよう。

世間の人たちは目的を持ち、忙しがってるが、
こっちは石ころみたいに頑固で鈍い。
確かに私はひとり
他の人たちと違っているかもしれん。しかしね、
自分はいま、
あの大自然《タオ》の母親のおっぱいを
好きなだけ吸ってるんだ。
こう知ってるから
平気なんだ、実際

いま、こうして吸ってるんだからね。

（第二十章より）

【異俗】絶學無憂唯之與阿相去幾何善之與惡相去何若人之所畏不可不畏荒兮其未央哉衆人熙熙如享太牢如春登臺我獨怕兮其未兆如嬰兒之未孩儽儽兮若無所歸衆人皆有餘而我獨若遺我愚人之心也哉沌沌兮俗人昭昭我獨若昏俗人察察我獨悶悶澹兮其若海飂兮若無止衆人皆有以而我獨頑似鄙我獨異於人而貴食母

*

さて、どうだい。頭の固い学者やインテリたちがこの訳文を読むと、みんな一様に苦虫をかみつぶしたような表情をするけどね。彼らの耳朶《じだ》には老子の声は響かないんだろうな。「絶學無憂」と、いわゆる〝お勉強頭〟を一刀両断するフレーズから始まるんだから、頭を使いすぎて自縄自縛に陥っている人たちは、何をいってやがるという気持ちになるのかもしれないね。それに、「おっぱい」という俗語っぽい言葉も、きっと彼らの感性には馴《な》染《じ》まないだろうね。

この第二十章につけた僕のタイトル、ちょっとびっくりするだろう？　訳の終わりに、『老子道徳経』の原文を紹介したけれど、どこをどう訳したって「おっぱいは好きなだけ吸うがいい」なんて個所はないんだよ。この僕の訳はね、意訳（自由訳）といえるほど、原文から離れている。母親のおっぱいという言葉はね、僕が勝手に使ったんだ。こんな言葉を、学者や老子の研究者が使いっこない。僕のまったくのオリジナルの言葉だよ。

それというのも、僕は、自分と老子とをつなぐ一つの声を、この訳詩のなかに込めようとしているからなんだ。

原文の最後の句に、「我獨異於人而貴食母」とあるね。この「我独り人と異なりて母に食《やしな》われるを貴とぶ」の句は、母から生まれた大自然のタオ・エナジーが、どんなに孤独でさみしい人をも愛し、励ましてくれるという意味だと僕は受け取ったんだ。天と地を生んだものは母といえると老子はさまざまな章で謳《うた》っているよ。

大いなる母の大自然は、我々を活《い》かすために、惜しみなくおっぱいを与えてくれているんだ。大地の神秘が生みだしたのが我々だからね。そのおっぱいをごくごく飲めば、いろんなものから解き放されて自由になれるよ、満たされるよ。そんな老子の声が行間から聴こえてきたんだよ。

僕は三十年以上前に老子の英文訳に出会って、訳者アーサー・ウェイリーの英文老子に心を打たれた。彼は東洋学者であり、『源氏物語』の英訳でも知られているが、老子の漢文をそのたぐいまれな鋭い語感で生き生きと英訳していた。日本人の私がイギリス人に漢字の語感を教わるなんて、おもしろいものだね。

それまでの僕は、老子なんて堅苦しくて古臭くて、とても今読めるものじゃないと思っていたからね。そんな印象は、彼の明快な英訳文に接していっぺんで吹き飛んでしまったよ。老子の語る言葉の一語一語が僕の体にしみいるように入ってきてね、彼の思想がじつにはっきりと伝わってきた。それはね、僕の人生を左右するほどの衝撃的な体験だったよ。

アーサー・ウェイリーの英文訳を読んで、僕は直観したんだ。これまであった文語調や堅苦しい文体じゃ、老子の本質は伝わらない。老子は口語訳にした方が絶対に生動している、ってね。

その直観は当たっていたよ。

後世になってから、勉学や暗誦《あんしょう》のために整った文体になったのだが、調べてみると、『老子道徳経』の古い原文は、助字の多い口語体に近いものだったらしい。つまり、最初の「老子」本は、オーラルで語ったものなんだよ。

これは僕の持論だけど、柔軟で説得力のある文が何かメッセージを伝えるとき、それは声として聞こえるものなんだ。ソクラテスも釈迦《しゃか》もイエスも、彼らの教えは、その声に耳を澄ませた人々が書き記したものなんだよ。だからね、僕は僕自身が受けた感銘を、老子の語った声を、その声にこもった情緒を、いまの「語り」になおすべきだと思ったんだ。

身近な言葉で、ポエトリイにね。そうして老子を日常の声として聞くことで、彼の伝えたいことがすとんと胸に入っていくんだね。

僕の訳した『老子道徳経』の第二十章は、その老子の個人の声がもっともよく聞き取れる、大いなる自然の母へのオマージュだよ。自然はすべてのものの母といっていい。老子のいうタオ・エナジーというのはね、この母の存在が生みだした宇宙エナジーみたいなものだよ。電磁波のように、あらゆるものに行き渡り、その内にたゆまず動き働く。

老子は、大自然の生命力の在り方から、タオとは何かを説くことが多いんだ。とくに谷川を流れる水をたとえにしてよく語っているよ。

谷の沢地に住んで体感した老子

僕は老子思想を知ってから、それまで住んでいた横浜の暮らしに別れを告げたんだ。都会の喧騒《けんそう》を離れ、伊那谷《いなだに》の山小屋に移り住んでから二十年近い月日が経《た》とうとしているけれど、信州の自然に触れ、幾度となく山の四季を経験してね、ようやく老子を自分の体のなかで感得できるようになったんだ。僕が谷の沢地を定住地に選んだのは、今じゃ必然だったような気がしているよ。

『老子道徳経』の第六章にこんな表現がある。

＊

神秘な女神

谷は大きな空間であり、
すべてを産みだす神秘な女神がいる。
彼女に導かれて
その門をくぐってゆくと
天地の根っこに達するのだ。

そこから、湧《わ》きでる命《いのち》のエナジーは
いくら掬《く》んでも、
掬みつくせない。

【成象】谷神不死是謂玄牝玄牝之門是謂天地根綿綿若存用之不勤

（第六章より）

伊那谷の四季の巡りを目にしているとね、この訳詩にあるように、湧きだしてくる命を肌で実感できるのさ。

冬はね、木々の葉が枯れ落ちて、あたり一面、茶色と黄色だけになるんだけどね。それが五月の声を聴くころには、この谷全体が鮮やかな緑色になって、あらゆるものがもう一度生命力を取り戻して萌《も》えたつんだよ。そんなでっかい「生命力の復元」を見ているとね、原文の「谷神は死せず」という老子の言葉が、非常に見事に甦《よみがえ》ってくるんだよ。

＊

僕の住む伊那谷の東側の沢地を、さらに東へ峠を越えたあたりを、フォッサ・マグナが走っているそうだよ。ご承知のように、これは日本列島を縦断する大地裂帯を指す。この大きな割れ目、地溝は、一八七五年に来日したナウマンが発見して、「大いなる窪《くぼ》み」（フォッサ・マグナ）とラテン語で命名したということだ。

僕は、「谷神不死是謂玄牝」（谷神は死せず。是れを玄牝《げんぴん》と謂う）の句を、大きな谷の空間には、すべてを産みだす神秘な女神がいると訳した。老子のいう「玄牝」とは、あらゆるものを産みだす「最初の母」のように感じたからだよ。「玄牝の門」というとき、それはまさに女性の生殖の門を暗示しているんだね。

この暗示があったからこそ、第二十章を訳そうとしたときに、何の無理もなく、「おっぱいは好きなだけ吸うがいい」というビジョンが浮かんできたんだ。

おっぱいの滋養が与えてくれる自然のエナジーの力で、植物も動物も我々人間も動かされ、生きている。それは間違いないことだよ。

ところがどうだい、現代人たちのやっていることときたら。いつのまにか自然というものは自分たちが利用するものだというふうに転化していっている。とくに西洋文明ではそういう観念が普遍的になってきているね。自然の恵みを人間がより快適に過ごせる資源、あるいは道具としか見ていない。

老子が大自然にたとえるエナジーは、あらゆるもののところに行き渡っているエナジーのことだよ。我々にも一部それが及んで、生まれてこられたわけだ。人間の祖先が生まれでた、その太古の瞬間に思いを馳《は》せてごらんよ。

老子のいうタオとはね、一個人が生まれるという、ほんのちっちゃなことにも自然のエナジーが働いて、その小さな一個の人間から、この谷全体の生命力、さらには地球全体、宇宙にも及ぶ計り知れないエナジーが存在するという、非常に明快なことなんだよ。そのエナジーがどんな小さなものにも生命を育《はぐく》んでくれる。

そんな自明なことを忘れて、現代人たちはね、自分の命は与えられたものじゃなくて、いつのまにか備わったもののくらいにしか思っていない。自然なんて、人間に役立つものだけを狡猾《こうかつ》に利用することしか考えていないんだな。西洋文明を中心に、自然を自分たちの道具として使い始めてから、もうすでに数百年の歴史が刻まれてしまった。科学というのは、いつだって自然を搾取する方向でしか発達しなかったからね。

だからね、ここにきてその大自然が人間たちを罰するような反作用を起こしつつある、というのが二十一世紀だろうと僕は思っているんだよ。

「おっぱい」を求めつづけた先だつ

さて「おっぱい」に戻ろう。

ある土砂降りの雨の日、この集英社新書の編集者O君が、僕の住む伊那谷の小屋を訪ねてきて、「おっぱいは好きなだけ吸うがいい」というタイトルで本を出したいといってきた。正直いえばね、その話を聞いたときは一瞬戸惑ったよ。不真面目《ふまじめ》な本と思われやしないかということが頭をかすめてね。困ったもんだね。タオイストを目指しているのに、この歳《とし》になってもまだまだ僕は社会常識ってもんに足を取られることがある。そんな壁はぶち壊していかないと、四角四面に頭が固まっちまうよ。

けれどね、彼と本の内容について話すうちに、ああ、僕の人生に多大な影響を与え、今も敬愛する文学者たちのことを語るためには、このタイトルでないとダメなんだということにすぐに気づいたよ。

これからこの本で紹介するのは、僕が若いころから深く耽溺《たんでき》し、敬愛し、僕自身の人生にも大きな影響を与えた、途方もない文学の道を歩んだ先だつのことだ。今よりずっと厳しく不自由な時代に、自由な魂を求めて、母なる大地の「おっぱい」を吸おうともがきつづけた先だつがいたんだよ。自分の魂を縛りつける世間体だの社会常識だの偏見や色眼鏡だのから飛びだして、「おっぱい」のエナジーがどんなに魅力的で、みずみずしい生命力を与えてくれるか、それを僕たちに見せてくれた。

僕が若かったころは、そんな先だつの詩に感銘を受けたり、小説のおもしろさに胸躍らされても、その先だつに共通して流れる大いなるタオのエナジーに気づけなかった。なぜ自分が彼らに心惹《ひ》かれるのか、いちばん大事な部分が見えていなかったんだね。

しかしね、いまの僕にははっきりと見えるんだ。彼らのなかに脈々と流れるタオのおっぱいの存在がね。なぜ彼らにこれほど心惹かれたのか、その謎が解けたんだよ。

彼らはね、窮屈な人間社会の常識や規範を飛び越えて、自由精神を追いかけ、大地のおっぱいを求めつづけたタオイストだった。

僕のなかに見えるよ。彼ら一人一人は巨大な山のような存在だけれどさ、それぞれの存在が母なる大地のおっぱいをたっぷりと吸いこんで、今では大きな山脈となって連なっている雄大な景色がね。

老子との出会いが、僕が歩いてきたその山脈の意味を教えてくれたんだね。

この本のテーマはね、その山脈の探訪だよ。

D・H・ロレンス、ウィリアム・フォークナー、マーク・トウェイン、幸田露伴……この連なる偉大な山々を一つずつ、ゆっくり登っていくことにしよう。

老子と語らいながら、そして、ときおり僕の昔話なんかもまじえて雑談しながらね。

じゃあ、最初はD・H・ロレンス。彼の話から始めようか。

第一章　西欧の伝統精神と火花を散らした、ロレンスの自由精神

――D・H・ロレンス

ヨーロッパ的精神と火花を散らしたロレンス

僕が三十歳くらいのときにかなりよく読んだのが、T・S・エリオットとD・H・ロレンスなんだ。だから今から六十年も前のことになるね。最初はロレンスよりエリオットの詩と評論に夢中になり、彼の西欧の精神伝統論に憧《あこが》れた時期もあったのだけど、やがて僕はロレンスの方に深く惹かれるようになっていったんだ。

D・H・ロレンス（一八八五〜一九三〇年）は、非常に知的なイギリスの作家だよ。でも、僕が彼に惹かれるのはそこじゃない。彼のすごさは、奥深いところにあるものを見通すその直観力だよ。

彼は若いころから、大地に根差した自然の生命力を、その鋭い直観でとらえて、自分の作品に率直に表現しようとした作家なんだ。僕はずっと後に気づいたんだけれど、まさに、老子のタオの精神を体現しようとした稀有《けう》な作家といえるだろうね。

しかしね、彼が追い求めた大地の精神性と、彼が身を置くヨーロッパ的な教養の世界が触れあうとね、バチバチッと火花が散るんだ。両者は対極にある思想といっていいからね。彼の生涯は、この火花を散らせつづけた人生といっていいね。

ロレンスの時代というのは、ヴィクトリア時代のキリスト教道徳主義を色濃く受け継いでいたころだよ。産業革命による都市化と機械文明の躍進があったけれど、形式とか宗教的権威とか、そんなものが世の中に重石《おもし》となってのしかかっていた時代だね。

テクノロジーの発達は、その便利さで人間を有頂天にさせる。このころからだね、人間が何の痛みも感じずに自然から搾取を始めたのは。その人間の驕《おご》りみたいなものが、いかに自然や人間本来が持っている生命力といったものを疎外しているかを、ロレンスは敏感に感じ取っていたんだよ。と同時にね、自由を愛する彼は、権威的で人間的な柔軟さに欠ける、キリスト教的な道徳観が蔓延《まんえん》する世界も嫌ったんだ。

だからロレンスは、異端児として、時代の潮流に逆らいつづけた。都市文明に背を向け、非文明的地域で営まれる生命に強く感応して、独自の「性の哲学」を詩や小説、評論で展開したんだ。彼はね、もっとも過激に、人間の生命の恢復《かいふく》を叫びつづけた男だよ。

彼の詩や小説はじつに挑発的だったし、権威的で融通の利かない「キリスト教の道徳主義」を嘲笑《ちょうしょう》し、「テクノロジー文明」をこきおろし、あらゆる「タブー」を打ち破るものだったから、まさにアウトサイダー的な生き方だったといっていい。そりゃあ火花も散るだろう。何しろ、ヨーロッパ文明そのものを敵に回していたようなものだからね。

迸《ほとばし》るエナジーの色彩言語

ロレンスといえば、日本でもその翻訳が裁判事件となった『チャタレイ夫人の恋人』が有名だけれど、あまり知られてないロレンスの話をしようか。

彼は画家でもあったということをご存知かな。若いころから好きな名画を模写するのが好きだったらしいが、彼は、四十歳になって突然に絵を描き始め、人々にその作品を公開し始めたんだよ。僕はね、作家としての彼を理解しようと思ったら、まず画家としての彼を知ることが不可欠だと思うんだ。

ロレンスの描いた裸体画を見たことがあるかい？　生命力溢《あふ》れるエロスが、画布からはみでんばかりに力強いタッチで描かれている。農夫らしき男と女が裸で接吻《せっぷん》しあっていたり、その豊満な肉体を絡ませていたり、その自由で生き生きとした性の営みを、油彩や水彩を使って彼は大胆に描いたんだ。迸るようなエナジーを込めてね。

ロレンスの絵画は、「色彩言語」あるいは「アート・スピーチ」だといわれることが多いらしい。つまり、彼の絵は、彼の書いたものと密接につながっていて、彼の主要なテーマを色彩で表現したものだということだね。

だけど、そんなロレンスの絵を見て、ヨーロッパの人々は「こんなもの芸術ではない、ただの下品な猥褻画《わいせつが》だ」と怒ったわけだよ。芸術どころか、誇りあるヨーロッパの精神を冒瀆《ぼうとく》するものだと激しく批判した。とくに新聞などのマスコミがほとんど全紙にわたって彼の作品を叩《たた》きまくったんだ。ロンドンで個展を開催した折には、官憲が動いて彼の絵を半分近く没収してしまったという事件（ウォーレン画廊事件、一九二九年）もあったそうだよ。

当時『チャタレイ夫人の恋人』が、発禁処分になったのは有名な話だけれど、絵画に関してもロレンスは、ヨーロッパの連中から袋叩きにあってたわけだよ。いつの時代だって、社会の常識や規範からはみでようとする人間には、正統派を自認する連中から圧力がかかるものさ。

でもさ、ロレンスの方から見れば、絵のなかのエロスに溢れた男や女の方が、正常な姿であったに違いないんだよ。彼は裸体画に堂々と男女の性器を描いたのだけれど、人々はそれが下品だ、不潔だというんだね。自然が生みだしたそのままの人間のありようのどこが不潔なんだろうね。僕は老子を訳すときに、この書の冒頭で紹介した「おっぱいは好きなだけ吸うがいい」のように、あえて「おっぱい」や「おちんこ」といった俗称を使ったんだよ。そうした表現がいちばんナチュラルに伝わると思ったからだよ。

みんな社会のつくった人工的な見方に染まって、ロレンスが描こうとした世界が見えないんだね。見えないから、低俗だの野卑だのと貶《おとし》めて、自分たちの世界からオミットしようとした。

ヨーロッパだけじゃない、日本にもまだそういうものが残っているよ。自由な魂を押し通そうとすると、必ず火花が散るね。外側だけじゃなく、自分の内側にもね。社会のつくったものの見方は、いつのまにか自分を侵食して、そこから飛びだそうとする勇気を奪おうとするんだよ。

ロレンスは、自分を押しつぶそうとするヨーロッパ的な権威と闘いの火花を散らし、その果てに、彼は完全にヨーロッパというものを捨ててしまったんだ。異色の作家といわれる所以《ゆえん》はまさにそこにあると僕は思うよ。

ネイチャーとつながるロレンスの詩

ロレンスがヨーロッパ的なものと決別したといったけれど、正確には自分の作品から消し去ったというべきだろうか。それがいちばん端的に表れているのが彼の詩だよ。

彼の詩はね、人間が持っている社会的な小さな考え方や、あらゆる些細《ささい》で小さな(petit)ものを捨てて、大いなるネイチャーと接触しようとしたんだよ。そういう詩を、彼は書きつづけたんだ。僕は、そのロレンスの詩に感動したの。体の芯《しん》までしびれたんだよ。

ロレンスの作品は数あるけどね、彼が動植物を観察して書いた詩はタオの精神そのものだよ。その一連の詩を、みんなうまく訳せないものだから、ロレンスのそのいちばん素晴らしいところがまだみんなに知られていないんだね。

僕は当然、彼の詩は英文で読んだんだけれどね。学者や研究者が訳したものなんて、全然だめだ。ロレンスが言葉に映しだそうとした自然界の生き物との接点というのが、今の日本の翻訳じゃまったく出ていないんだよ。みんな社会的な規範のなかにある学者連中のリズムだからね。

じゃあどんなのだといわれると困るけど、僕が『倒影集――イギリス現代詩抄』（書肆山田）のなかで、いくつかロレンスの詩を訳しているから、その一つを紹介しようか。

これは彼が若いときに書いた詩だけれど、彼の魂はすでにネイチャーにつながる道を発見していたようだね。一匹の蚊を見つめる彼の眼差しが語っているよ。

ちょっと長いけど、まず読んでごらんよ。ロレンスの tender な世界が体感できるから。

＊

蚊

ムッシュー、
そんな手やジェスチャーを、いったい、
いつごろから始めたんだね？

なぜそんなに気取って両脚で
つま先立ちをするんだね？
それもそっと、うっとりと
その長い細脛をおったてるのは、
どういうわけなのかね

ああ、重心を上におくためだな、

そうすればおれにとまる時、
重みもなしにおりられるからだ、
幻の妖精みたいに
ふんわりとね、そうかね、妖精君？

あの陰気なヴェニスじゃあ、
ひとりの女がお前のことを
『翼のある勝利の女神』
と言ってたが、まったくお前が
うしろを振り向いて、にんまり笑うと、
そうも言いたくなる。

それにしても、
こんな悪魔根性が宿るにしては

実に透明で脆弱で
幻影の切れっ端みたいな体だ。
実に不思議だ、その薄い二枚の羽根と
細っこい両脚のくせに、まるで
青鷺みたいに飛んでくるのだ、
かと思うと、「無」の澱んだ空気みたいに
浮きただよう。

それにお前のまわりには
独特の霊気があるな、いや、
いまわしい毒っ気だ、それで
近よってくると、おれの頭は痺れ
ぼんやりしちまう。これが
お前の術か――小汚い手だぞ

こっちが見えないうちに
その催眠力をつかって、
自分の近づく方向をおれにさとらせないんだ！

しかしその手はもう読めたぜ、
縞ズボンの魔術師君
翼をつけた吸血鬼殿
翼をつけた勝利の女神さん

とはいえ、感心するよ、
空中を、ずけずけと歩きまわり
おれのまわりに、すっと
寄ってきたり、また避けたりして
しまいに、とまる。長い細脛で立つ

横眼でこっちをうかがうのは、ちゃんと
こっちが気づいてると知ってるからだ
このずるい斑点めー

こっちの敵意を察しとると、すいっと
斜めに飛び立ってゆくなんて、
実ににくいじゃないか、ええ?
よし、じゃあ不意打勝負をしようぜ
人間と蚊と、どっちが
この欺し合いに勝つか、
やってみようぜ。

いいか、お前にはおれの居場所が分からん、
こっちもお前がいないことにする、

そこからはじめようぜ！

まずラッパか。なるほど、
それが切り札だな、どうも
いやらしい奥の手だぜ、
その小さくて甲高いラッパが耳にひびくと
こっちはかっとして我を忘れる、
そこがつけ目というわけかね、刺し魔君？

しかしその音は、警告にもなるんだ、
だから、上等な手段じゃないぜ、
なんでこんな下手な手でくるんだい？
ほかの攻め手は知らん、というわけか？

とすると、無防備の人間を護る自然の摂理が
すこしは働いているわけか。
それにしてもその羽音は実に
鬨の声に似ている
おれの頭をかすめる時には
戦《いくさ》の雄たけびそっくりだぜ

血、赤い血
魔法も及ばぬ力のつくった
この禁断の美酒を飲め！

眼の前でお前はおりたつ、
たちまち我を忘れて身を慄わせる、
生き血を吸って

いやらしく酔いどれる、
しかもおれの血ぐ！

押し黙って、恍惚として
むさぼる
この不敵な盗み飲みのすさまじさ！
そして千鳥足になる――
この時だ、それっ！
ところがお前の軽さが身を助ける
その小憎らしい脆弱さ
その吹けば飛ぶ身軽さが役にたつ
こっちの怒りの手が捉えようとして
起した風に乗って
ふわりと逃げるのだ

嘲笑の声を残して、向こうへ――
この羽根のついた血袋めが――

どうしても追いつけないのか？
おれには、手におえない相手なのか？
だから「翼の勝利」なのかね？
おれにはお前のずるさに対抗するだけの
ずるさもないわけか？

まったく奇妙だ、
あんな小さな、染みみたいなやつが、
こんな大きな血の跡をおれにつけるなんて！
まったく妙なやつだ、

おぼろな薄墨の闇のなかに
すっと消えてゆく姿は！

＊

この詩はね、僕自身がロレンスになりきって訳したんだ。そうしないと彼に怒られてしまうからね。一匹の小さな蚊への彼の繊細で鋭い観察眼に圧倒されながら、彼の気持ちのひだのなかに入りこむようにして、一語一語訳したよ。彼のリズムを大事にしながらね。「おれの血」をたっぷりと吸われ、小憎らしいやつ！　と思いつつも、彼はちっとも迷惑そうじゃない。むしろ愉快な出会いを楽しんでいるんだ。命への讃歌に溢れた詩だね。

ロレンスは、一匹の蚊と心ゆくまで対話しながら、こんな小さな生き物のなかに、たくましく躍動する大地のエナジーを感じ取っているんだ。だからこそ、こんなにユーモラスに蚊の動作を描写できるんだと思うよ。

ロレンスという作家は、ヨーロッパ文明を相手に、過激な闘争を挑んだ男だけれど、すべてはこんな小さな蚊にも宿る自然の「生命の恢復」を願ってのことだからね。

捨てるべきは「俗物根性」

『倒影集』のなかには、ほかにも僕が訳したロレンスの詩がある。「蛇」というタイトルの長い詩だ。この詩は、「蚊」にはないロレンスの葛藤がよく表現されているんだ。

この詩は、水飲み場で金色と茶色に輝く美しい一匹の蛇と出会う場面から始まる。その先客は恐ろしい毒蛇でもあることを彼は知っている。美しい毒蛇を観察しつつ、彼の心はせめぎあう。「今すぐ棒をつかんで、叩き殺してしまえ」という暴力的な気持ちと、「いや私はむしろこの先客を歓迎して、話しかけたいんだ」という気持ちが、交互に彼を揺さぶるのだね。

殺せ！　優しく見守れ！

そんな葛藤の末にとうとう彼は太い木切れを拾って蛇のいる石の水槽に投げつけてしまう。すると蛇身は稲妻のようにくねって、「大地の割れ目の黒い穴」に消えていく。その直後に、彼は深い後悔に襲われるのだ。その表現にロレンスの深い苦悩と、彼の求める世界が鮮明に映しだされているよ。

「蛇」の詩のその最後の部分を引用してみよう。

＊

すぐに後悔がきた。自分は
なんという下劣で、愚劣で、
意地の悪い行為をしたんだ。私は
自分をはげしく軽蔑し、また
自分のなかの道徳教育の声を呪った。
私は海の大いなる鳥《アルバトロス》のことを思った、そして
彼が戻ってくれたら、と願った——

私の蛇が——
なぜなら彼はいま、
ふたたび王者《キング》だと思い直されたからだ。
地底に追放され、王冠を奪われた王者、
彼はもう一度復権すべき者なのだ。

なぜならまた私は
生命の主《ぬし》と交歓する機会を欲しくなったからだ。
私という人間が
まず捨てねばならぬのは
けちな俗物根性なのだ。

*

この「蛇」の詩は非常に深いことをいっているんだね。彼が呪った「自分のなかの道徳教育」とは、「権威の知」ともいうべきキリスト教的道徳観のことだろうね。幼いころから自分のなかに浸みこんできた宗教観や伝統意識は、そう簡単にはぬぐえないものだよ。ロレンスは自分のなかにあるキリスト教的道徳観というものが、いかに自分を変えてしまったか、本来の自分を失っていたか、それを率直に見つめて、内省しているんだよ。この詩はまさにその自分との闘争の記録だよ。

しかし彼は苦悩しながらも、道を間違えることはなかった。自分の直観を信じてね。人間の歴史を見ればわかることだけれど、宗教が権力と結託すると、「命」を脅かすんだよ。それがいかに怖いことかということを、彼は体の内にしっかりと感じ取っていたんだ。

キリスト教では、蛇の存在は忌まわしさの象徴でもあるからね。だからこそロレンスは蛇という存在を「大地の与えた生命」の象徴に昇華させることで、自分も含め、彼らを傷つけようとする人間の身勝手な俗物根性を戒めようとしたんじゃないだろうか。『老子道徳経』にも、人間の傲慢《ごうまん》さや俗物根性を戒める言葉がたくさんあるよ。

「ひとの欲望で曇ったとき大地は裂けて割れ、……谷は乾き……生きものはすべて飢え苦しみ」と第三十九章にある。じゃあそうなってしまったときは、どうすればいい？

老子はこう語っている。

＊

五郎太石《ごろたいし》でいればいい

（前略）
だからいまは、
タオの根をいたわる時なのだよ。
謙遜した心で身をかがめ
始原《はじまり》の一に近づくがいい。

上に立つ王やリーダーは、自分を
家なし児《ご》や、貧しい未亡人や、下働きの男と比べ、
へり下った気持でいるべきだ。

名誉なんて
いくら積み重ねたって
いつかは崩れちまう。
ピカピカ光る玉にならないで
五郎《ごろ》太石《たいし》でいることだ。

（第三十九章より）

【法本】 昔之得一者天得一以清地得一以寧神得一以靈谷得一以盈萬物得一以生侯王得一以爲天下貞其致之天無以清將恐裂地無以寧將恐發神無以靈將恐歇谷無以盈將恐竭萬物無以生將恐滅侯王無以貴高將恐蹷故貴以賤爲本高以下爲基是以侯王自謂孤寡不轂此非以賤爲本耶非乎故致數譽無譽不欲琭琭如玉珞珞如石

＊

世の中が荒れて生気を失ったときにこそ、優しさや生命につながる「タオの根」をいたわれと老子はいうんだ。

名誉や権力なんていつかは崩れ去る。そんなピカピカした衣をまとっていたって、やがて色褪《あ》せるよ。何の飾りっ気もない道端の石のように、謙虚な気持ちで「始原の一」（始まりの自分）に戻るべきだといっているんだよ。

ロレンスも、自身の詩作で、とても老子に近いことをいっていると思うんだ。彼もね、権威や名誉欲、俗物根性を捨てて、いまこそ「タオの根とつながれ」と人々に訴え、自分にも言い聞かせているんだ。その葛藤にこそロレンスのテーマがあるんだよ。

そしてね、やがてロレンスはその鋭い洞察力によって気づくんだ。人間が壊し、傷つけつづけた自然や生命の恢復がどうしたらなされるかということに。傷ついたものを恢復させるには、「優しさ」しかないとね。

だから彼は、母なるもの、女、性、そこに流れる「優しさ」(tenderness) に感応して、それを文学と絵画で表現しつづけたんだ。

ロレンスは、没する数年前に、友人のアメリカの詩人ウィッター・ビナー(一八八一～一九六八年)に宛てた手紙のなかでこういっている。

「もう、これまで追求してきた指導者、追随者の思想はつまらなくなった。これからの人間関係は、優しさ (tenderness) が基礎になるべきだ」とね。

何とも不思議な因縁だが、ロレンスが手紙で「優しさ」を語った友人のウィッター・ビナーは、『老子』の英訳者の一人でもあったんだ。きっとロレンスは、その持ち前の直観で、彼なら自分の言いたいことを理解してくれるだろうと考えたのだろうね。ロレンスが示唆したその優しさはね、母なる大地の恵みの「おっぱい」のなかにたっぷりと含まれているんだ。

僕が若いころから大好きだった詩人は、「おっぱい」の優しさを追求したタオイストだったんだよ。だから、彼の詩が僕の心に深く入ってきたんだね。

ロレンスの「知性以前の根源意識」と老子の共通点

ロレンスは、それこそ哲学者や心理学者顔負けの鋭い評論も意欲的に書いた作家だよ。でもね、彼が東洋的な自然哲学に造詣《ぞうけい》が深かったことは、ほとんど知られていないことだね。彼は、自分が東洋思想を研究して得たイマジネーションを、西洋的な表現に置き換えて、全人的な人間復活のために重要な身体観を説いているんだ。

彼のそうした評論は、発表された当時は誰も見向きもしなかったのだけれど、今読んでみると、彼の考え方がいかに新しく、そして根源的なものに根着しているかがよくわかるよ。彼の評論集『精神分析と無意識』（一九二一年）と『無意識の幻想』（一九二二年）は、若いころ読んだのだけれど、そのときは意味がよくわからなかった。しかし、再読してみると、これがまさに老子思想と直結することを語っているんだ。

彼は、西洋文化を頭でっかちの俗物的文化だと軽蔑《けいべつ》していたのだけれど、そのことが東洋思想によって、より深く洞察されていてね。僕はここでも、はたと膝《ひざ》を打つ思いだった。

彼は、「知性以前の根源意識」というものの存在を繰り返し述べているんだよ。これは老子のいう「始まりの意識」「原初の意識」という考え方にすこぶる近い。老子が大自然や大地の精神性にたとえて説いている、「名のない領域」ともいうべき宇宙意識のことだよ。

ロレンスは、人間のいちばんの力の源になるのは、「知性以前の根源意識としての太陽神経叢《そう》」だというんだ。そして、それは人間の肉体でいえば、頭でも胸でもなく、臍《へそ》の下の腹部に存在するというのだよ。

序章で紹介した『老子道徳経』第六章の「神秘な女神」を思いだしてほしい。老子は、命を育む宇宙的なエナジーが出てくる場所として、母なるもの、女性器、あるいは子宮を表す「玄」という言葉を用いていただろう? ロレンスの「太陽神経叢」の記述を読んで、僕は老子思想とのシンクロ性を確信したんだよ。

「太陽」は、「天にある唯一のもの」で、それは生命の「中心」という意味を表す。「太陽神経叢」とは、腹部の神経が集中している部分を指すらしい。そこに、人間の知性以前の根源意識が宿っているとロレンスはいう。彼は東洋的な自然哲学に、人間復活のヒントがあると直観した人だったんだね。

ロレンスによれば、西洋文明のもたらした「科学・物質性」は「頭」であり、キリスト教の道徳観、精神性は「胸」ということになる。彼はそうした偏重に異議を唱え、人々の生活が生命中心の「腹」、すなわち「太陽神経叢」に戻るべきだと熱烈に叫んだんだ。

つまり彼は、母なる生命観を無視する、ヨーロッパの頭と胸に反発し、文学とアートによる爆弾を落としつづけた作家ということになるね。

世界の詩人たちを魅了したT・S・エリオット

この章の初めで、僕は若いころに読んだ詩人として、T・S・エリオット（一八八八～一九六五年）を挙げたね。ロレンスを語るときは、その対照的な存在として、一時は傾倒したエリオットのことが思いだされるよ。

エリオットは、イギリスの詩人といっても、アメリカ生まれで、後にイギリスに帰化した詩人、劇作家、批評家だ。一九二二年に彼が発表した詩「荒地」は、世界中に衝撃を与えたんだ。難解な詩だけれどね、聖書や神話、伝説、ダンテ、シェイクスピアなどの隠喩《いんゆ》をちりばめて、第一次世界大戦後の病める西欧文明、荒廃した人間社会を「荒地」になぞらえ、生と死とその再生を詠んだ長編詩だよ。

第二次世界大戦後の渾沌《こんとん》とした状況下で、戦争体験のある、日本のモダニズムの詩人たちもエリオットには多大な影響を受けたんだ。北村太郎、鮎川《あゆかわ》信夫、田村隆一らが「荒地」という詩誌を創刊して、そこに現代詩人たちが結集したんだよ。いわゆる「荒地派」というやつだね。僕もそのうちの一人だよ。それで、二十歳から三十歳くらいまではエリオットを一生懸命読んでいたんだ。

エリオットはとてもモダンなスタイルで現代詩をつくった人で、彼が戦後の現代詩を確立したといってもいいね。ただね、モダンであると同時に、エリオットは、イギリスの伝統を非常に重大に考えて、個人の才能は伝統のなかに溶けこんでいるというような、我々にとっては、ちょっと意外な結論まで出す人物でもあったんだ。

でもそのころの僕は、ヨーロッパ文明というものを無批判に受け入れ、その文明が生んだ文芸を素晴らしいものと感じていたからね。その代表格のエリオットを、自分の考え方の基本、基礎としていたんだよ。

そのうえ、エリオットはかなりきつい論調でロレンス批判もしていた。ロレンスは伝統から外れたとんでもない作家だと攻撃する本も書いてね。僕らはそれを信じたんだよ。今考えれば、世界的に名を馳せたエリオットは、もはや「権威」の人だったわけだ。「権威」というものは、どうも人の目を曇らせるものだね。

その後の僕は、スティーブン・スペンダー（一九〇九～九五年）とか、W・H・オーデン（一九〇七～七三年）とか、ニューカントリー派といわれる、イギリスの新しい派の詩人たちにも関心を向けるようになって、「近代文学」という雑誌にいくつかエッセイを書いたこともあった。でも、今思えば、それは文字から学んだお勉強的なもので、自分の本当の心情ではなかったんだね。

「呪縛」から抜けだせなかったエリオット

そんな流れのなかで、僕は再びロレンスを読んでみたんだ。するとね、最初は社会というものから離脱した文学者と見ていたのが、だんだん印象が違ってきたんだよ。

ロレンスの方こそ、その自由精神で新しい文学を創ろうとした人間なのだということに気がつき始めたんだ。古い道徳観や社会の体制から飛びだそうというロレンスの自由さに比べると、エリオットの方は、形式ばったものに縛られて、むしろとても不自由に見えたんだよ。

エリオットは、荒涼とした現代風景として「荒地」を書いて、そこから人間の再生を模索したわけだろう。ならば本当は、古い伝統のなかにある形式を捨てるのが、「荒地」の使命であるはずなんだ。しかし、彼はそれを捨てるどころか、守る方の立場に回ってしまったんだね。今の僕から見れば、生命の復活を目指して、本気で「荒地」を耕そうとしたのは、ロレンスの方なのさ。

僕のなかの振り子が、ロレンスの自由精神の方に一度振れるとね、しだいにエリオットの伝統意識や形式主義といった精神性が、頑《かたく》なで、つまらないものに見えてきてね。エロスに向きあい、より大きなもの、深い根につながろうという、ロレンスの直観の方が信用できると思うようになったんだ。

エリオットの詩は今読んでもいいものがあるよ。タオイズムの精神を感じさせる初期の詩もある。けれど、彼はその創作活動のなかで、最後までヨーロッパの伝統精神の呪縛から解き放たれることはなかったね。むしろ、キリスト教文化のつくった規制と伝統というものに、彼はしっかりと根を下ろして、形式的な世界をつくっていったんだよ。社会の荒廃を救う道を、エリオットは宗教や伝統に求めたんだね。

そうした世界に惹かれたのには、彼の出自が伝統のないアメリカ人であるというコンプレックスもあったのかもしれない。いずれにせよエリオットは、西洋の頭でっかちの文明から抜けだせなかった人だと思うんだ。

だからね、エリオットの詩にはね、ロレンスの詩や小説にある、エロスから発散する柔らかさや優しさという人間的なものがないんだよ。初源にある喜びというものが感じられないんだ。

宗教的道徳観や伝統意識には、人間への禁忌がつきものだからね。儒教だって「男女七歳にして席を同じゅうせず」なんて交際を禁じているし、キリスト教は、「肉欲」とは恐ろしい罪であるなんて脅かして、大変な弾圧を加えてきたんだよ。

けれども本当のことをいえば、どんな聖人だって肉欲から生まれてきたんだからね。エロスと無縁なはずがない。それがどんな深いところから人間に与えられたものか、釈迦だって孔子だって知っていたと思うよ。ただ、その欲望が貪欲《どんよく》になってはいけないと説いたんだよ。その教えを後に続く弟子たちが、拡大解釈して、必要以上の縛りをかけてしまったんだろうね。

ロレンスはその縛りを解こうとした人なんだ。エロスの根源的な喜びを肯定するところで、老子とロレンスはスタンスが同じなんだよ。性愛も含めて、命を柔らかく愛することがどれだけ大事かを知っていた。

エリオットはね、そこに行きつけなかったんだ。彼はノーベル文学賞（一九四八年）も取ったけれどね。そんなことは関係ない。エリオットは、人間の奥深い魂を見つめるタオの人ではなかったんだよ。

そのことに気づいたときに、僕のなかでエリオットは色褪せていき、逆にロレンスの存在が大きなものになっていったんだね。

ロレンスの愛の直観力

ロレンスがなぜこうした「タオ的精神」を身につけるに至ったか、少し彼の人生を追いかけてみようか。

彼はね、一八八五年、イギリス中部の都市ノッティンガム近郊で、炭鉱夫の父アーサーと教師だった母リディアの三男として生まれた。幼いころは美しい田園風景とは無縁の、薄鼠色《うすねずみいろ》に染まる炭鉱町での暮らしだった。労働者階級の家庭に育った炭鉱夫の父と、教養のある母との関係はあまりよくなかったようだね。炭鉱町の風景は彼の著作のなかにも多く登場するよ。

少年ロレンスは、アッパークラスの人々から見ればいかにも薄汚い、自分の故郷の炭鉱町をどんなふうに見ていたのだろうか。それは彼の描く農夫や炭鉱夫たちの姿を見れば、おのずと明らかだよ。泥にまみれ、汗して働く彼らに、たくましかった父の面影を重ね、健康的な生命力をそこに見いだしていたんじゃないだろうか。

人間と違って自然は階級を求めないからね。ロレンスの裸体画はじつに挑戦的な試みであったけれど、彼はどんな場所にもたくましく根を張る木々や草花、そして鼠色の屋根にも飛んできたであろう鳥や、獣たちも好んで絵に描き、詩のモチーフにしていたんだ。

彼は、その少年期にすでに自分の魂はどこに向かっていくべきか見通していたんじゃないかと僕は思うよ。

彼はね、世間が決めた「社会の常識」ではなく、自由でのびやかな「個人の常識」で生きようとした男だよ。どんなに困難であっても、それがいちばん人間らしい生き方であると確信していたんだと思う。

さて、そのことを踏まえて、さらに彼の人生を追いかけてみようか。彼はノッティンガム大学を卒業後、ロンドン近郊で小学校の教諭をしていたのだけれど、その間に母の死、最初の長編『白孔雀《くじゃく》』を出版した心労から、小学校の仕事を辞めてしまう。そして、ノッティンガム大学で恩師だったアーネスト・ウィークリー教授に連絡を取って、創作活動が続けられる仕事の相談に乗ってもらうことになる。そこにロレンスの人生の大きな分岐点があったのだね。

ウィークリー教授の家のお茶に呼ばれたロレンスは、そこで教授の妻フリーダに出会ってしまうのだ。出会ったその日に惹かれあい、二人は恋に落ちる。ロレンスは教授より二十歳下で、妻のフリーダより五歳下だったから、ロレンスは年上の人妻と恋に落ちたということになるね。

教授の家を訪問したその一か月後、フリーダが父親の任官五一年記念の祝いで、夫と子供を残してドイツに行くときに、ロレンスも同行する。そのときに二人の仲は決定的なものになってしまうんだよ。

教授と夫人は、それまで夫婦仲が悪かったというわけではなかった。だから教授の方は妻の突然の心変わりに大変なショックを受けただろうね。教授は子供を人質にとるようにして、妻のフリーダに戻ってくれと懇願するんだけれど、ロレンスを愛してしまった彼女は戻らない。愛しい恋人ロレンスとともに暮らしていく道を選ぶわけだ。

ロレンスが生涯のパートナーに選んだフリーダという女性は、知的で魅力的で、彼の創作の原動力にもなった人だ。けれどね、僕はこの話を知ったときには、まだ若かったから、「人の奥さんを奪い取るなんてひどい」と憤慨したものだよ。フリーダの魅力に惹かれたロレンスのことより、むしろ妻のフリーダを寝取られたウィークリー教授の方に同情してね。

だって考えてもごらんよ。子供も三人ある細君が、自分の教えた大学の学生と駆け落ちしちゃったら、どんなに悔しいか。奈落に突き落とされたような気持ちになるよ。そんなふうに、そのときはフリーダの亭主に同情して、エッセイにウィークリー教授の擁護論を書いたくらいなんだ。

しかしね、二年後に一応フリーダとの離婚が成立するんだが、すさまじいんだよ、教授の執念が。自分が九十二歳になってもフリーダを許さないんだ。彼女が帰ってくる気があるなら、いつでもロレンスから奪い取ってやるといってね。もちろん再婚もせずにずっと待っているんだよ。この妄執ぶりには、さすがの僕も教授を擁護する気持ちが失《う》せたね。チョウのように飛んでいったフリーダがそんな場所に帰るはずもないよ。

ひとたび根づくとタオの根は抜けない

互いに好奇心旺盛《おうせい》で挑発的な性格だったから、ロレンスとフリーダの関係はスリリングに揺れていたようだけど、ロレンスは刺激に満ちた、そんな新しい女性像を愛したんだね。僕もね、長い人生のなかで、いろんな女性を愛してきたから、今ではロレンスの生き方が理解できるんだ。自由に飛翔《ひしょう》しようとする魂は、どうしたって社会の常識や規範を飛び越えてしまうんだね。それは男女間の愛についてもいえることなんだ。

ロレンスは鳥や獣や花を愛するように、フリーダという女性を生命の源として求め、接触し、愛した。丁々発止とやりあっても、そこには深いところでつながる「優しさ」が存在したんだろうと思う。

その意味では、彼は実生活でも、社会的規範を飛び越えて、「個人の常識」をまっとうした男なんだよ。その愛の直観力でね。今は僕もそのように生きたいと思っているけどね。

老子が第五十四章でこういっている。

＊

まずは君自身が「自由」になること

タオはひとたび根づくと、
抜けない。
タオとしっかりつながる人は、
社会に引きずり廻《まわ》されない。
（後略）

（第五十四章より）

【修観】善建者不抜善抱者不脱子孫以祭祀不輟修之於身其徳乃眞修之於家其徳有餘修之於郷其徳乃長修之於邦其徳乃豐修之於天下其徳乃普故以身觀身以家觀家以郷觀郷以邦觀邦以天下觀天下吾何以知天下然哉以此

＊

ロレンスもね、彼の内に根づいたタオの精神が生涯抜けなかった人間だと思うんだよ。社会に引きずりまわされることなく、肉体の「中心」にある「始原の自分《はじまり》」を直観して、万物を産みだした深い根につながろうと模索した男なんだ。だから僕にとっての巨大な山の一つであるんだよ。

さて、ロレンスの人間復活の闘争について語ったからには、フォークナーがその長大で不思議な物語のなかで描きつづけた深い人間愛、tender な heart についても触れなきゃいけないね。

次の章では、ウィリアム・フォークナーの山麓《さんろく》を歩くとしよう。

第二章　「タオ」につながるグレートなバランス感覚

――ウィリアム・フォークナー

フォークナーの翻訳は僕の出世作

ウィリアム・フォークナー（一八九七～一九六二年）って、読んだことあるかな。二十世紀のアメリカ文学の巨匠といわれ、ノーベル文学賞（一九四九年）も取っているから、代表作の『響きと怒り』（"The Sound and the Fury" 一九二九年）は読んだという人もけっこういるかもしれないね。

彼は、同時代のアメリカの文豪、ヘミングウェイと並び称されることが多いんだが、僕はね、あまりヘミングウェイは好きじゃないんだ。その理由については、フォークナーという作家の本質にも関《かか》わることだから、後で述べることにしよう。

まず個人的な話をするとね、フォークナーは僕の出世作なんだよ。彼の本を翻訳できたおかげで、食えるようになったし、英米文学者として名前も知られるようになったんだ。もっと下世話な話をすれば、いま僕がねぐらにしている伊那谷に土地を買うことができたのも、彼の翻訳本がたくさん売れたからなんだよ。僕が彼に感謝するのは、もちろんそれだけじゃない。翻訳を通しての彼との長いつきあいのなかで、彼から得たものは、計り知れないほど大きいと感じているよ。

ちょっと昔話になるけど、僕とフォークナーの偶然ともいうべき、不思議な出会いについて話そうか。

僕はね、生前のフォークナーに会ったことがあるんだよ。僕がまだ三十代のころだから、五十年以上前の話だね。まだフォークナーもヘミングウェイも元気なころだよ。

話はさらに遡《さかのぼ》るけど、僕は二十代のころに、早川書房という出版社で、フォークナーを訳したことがあるんだ。まだ日本人がフォークナーなんてまったく知らないころだよね。当時の早川書房は、社員が五人ばかりの小さな出版社でね、早川さんというのは、軍隊で戦死した僕の兄の同級生だったんだよ。

あるとき早川さんの家に遊びに行くと、僕が早稲田大学の英文科を出た後、進駐軍でアルバイトをしているといったら、英語ができるなら、翻訳本をやってみないかと、親切に仕事をくれてね。アメリカの探偵小説やら、ドナルド・リッチーのエッセイ集とか、そういうものをいくつか翻訳していたんだ。

ちょうどそのころ、フォークナーがノーベル賞を取って、その作品を訳せば売れるかもしれないなと思っていたら、「祥ちゃん、これをやってみないか」と、『墓場への闖入者』（"Intruder in the Dust" 一九四八年）という彼の後期の作品の翻訳を任されたんだよ。

その仕事を抱えて、僕は一年近くそればっかりと格闘したよ。難しいし、物語は複雑だし、何よりフォークナーという人間をまったく知らないで翻訳しているんだからね。資料を山ほどかき集めて、何遍も書き直してね。研究者でもないのに、訳者の後書きと解説まで書いたんだよ。それほどに苦労して訳したのに、これが全然売れなかったんだ。

でもね、一年も毎日翻訳と格闘していたものだから、僕のなかで彼への親しみが湧いてね。仕事はそこでおしまいになったんだけど、機会があればフォークナーに会ってみたいと思っていた。

三十代でアメリカに一時期住んだこともあるんだけれど、僕はカリフォルニア、彼の住んでいるのは南部だったから、当時は恐ろしく遠くてね。日本に帰るのと同じくらい時間がかかったし、金もなかったから、会うのは断念したんだ。

フォークナーに会って感じた威厳と優しさ

　すると、僕がアメリカから帰った直後に、フォークナーが日本に来るっていうじゃないか。一九五五年の八月のことだよ。ひと月ほど長野の旅館に泊まって、そこで一週間くらいセミナーをやるというんだ。

　彼に会えると勇んで出かけると、長野の五明館という有名な旅館に、日本の英米文学者たちが百人ほど大挙して来ていてね。セミナー中は、僕なんかぺえぺえだから、質問は一回しただけで、後は講義を毎日聞きながら、遠くから彼を眺めていたんだよ。

　そうやって彼を観察しているうちに、フォークナーという人物が僕の好きな幸田露伴に非常によく似ているということに気がついたんだ。表面的には、愛想なんか言わない、きっちりした姿ではあるけど、内面の温かさが自然ににじみでてくるような印象がある。威厳（integrity）と優しさ（tender な heart）、体のなかに、その相反する感じが非常にうまく溶けあっている人物に感じたんだ。"integrity"を正確にいえば、いかめしさや威光ではなく、威厳ある心の態度、節度ということだね。そこが僕が抱いている露伴のイメージと、とてもよく似ているなと思ったんだよ。

このとき直観したフォークナーと露伴の相似性は、その後二人の作品を読みこむうちに、より強くなって、老子へと至るんだけどね。それはまだずっと先のことだ。ただ、僕はこのときすでに、フォークナーという人物にタオのエナジーを感じていたんだと思うよ。名誉や権力といった人間の欲望が渦巻くところではなく、とても大きなところから人間を見ているなと感じたんだ。

フォークナーのその感じは、彼が人に対するときにとてもよく表れていてね。功名心旺盛な学者たちと話すより、普通の人々、たとえば、農夫のおじさんや善光寺の豆売りのおばあさんと話したりしているときの方が、嬉《うれ》しそうなんだよ。何ともいえず非常に優しい顔になってね。

フォークナーはね、普通の人々が好きだったんだな。それは彼の作品からも感じたことだけれどね。そんな彼を間近に見て、僕自身との共通性も感じたし、彼のことがとても好きになった。だから、改めて彼の作品をもっと読んでみようと注目したんだよ。

いや、人生って不思議な偶然でつながるものなんだなあ。それからすぐのことだよ。僕の訳したフォークナーの『墓場への闖入者』が、当時、東京大学の教授だったアメリカ文学者の西川正身さんの目にとまって、新潮社の世界文学全集で、フォークナー作品を翻訳する仕事が来たんだ。これはチャンスだと思って、精魂込めて頑張ったら、最初は下訳の請負だったのが、「もうきみの名前で出しなさい」ということになってね。それで僕はね、いっぺんにフォークナーの権威みたいなものになっちゃったんだよ。早川書房の方は売れなかったけれど、その全集がまた恐ろしく売れたもので、経済的にもうんと助かってね。

つい昔話が長くなってしまった。でもね、フォークナーと僕とは、今話した二十代のころの出会いから、この伊那谷の生活に至るまで、ずっと一本の不思議な糸でつながっている気がしているんだ。ロレンスのときもそうだけれど、老子を知ったことで、その糸の存在が初めて見えるようになるんだけどね。

作品に通底するグレートなバランス感覚

じゃあ、フォークナーのグレートな作品世界を少し覗《のぞ》いてみようか。

彼の作品はよく難解だといわれるね。日本で出されているフォークナー論のほとんどが、その難解な部分を取り上げて、さらに難解に論じているものだから、よけい難解な作家というレッテルが貼られてしまったんだね。しかしね、それは彼が物語を興味深く語りたいと願っての手法や構成のことであり、そんなことは二次的なことだよ。彼はね、そんなふうに難解に物語を観念で操作してゆく作家ではないよ。

彼は天性の物語作家であって、同時に非常に人間的な作家だと僕は思っている。だからね、僕は、学者たちが語る難解なフォークナーではなく、ごく人間的なフォークナーの魅力について語りたいと思うんだ。

僕がフォークナーに会ったとき、威厳と優しさが一つに溶けあったような感じを受けたと話したね。フォークナー作品の最大の魅力は、まさにその相反するものを描くときの、絶妙なバランス感覚にあると思っているんだ。

『八月の光』（"Light in August" 一九三二年）は、僕が訳したこともあるけれど、僕のなかではいちばん好きな作品だね。社会に閉じこめられた悪に苦しむ人間と、善が備わって、自然に素朴に生きていく人間、この対照的な二つを、一つの作品のなかでこれほど見事に描き切った作品もないと思うんだよ。

「社会に閉じこめられた悪」というのは、フォークナーが作品のなかで描きつづけたアメリカ南部の因習や偏見のことだね。この物語でその犠牲者となるのは、白い肌のなかに黒い血が流れているという噂《うわさ》のなかで育ち、「自分が何者なのかわからない」という悲劇を生きた男、ジョー・クリスマスだ。彼はね、苦悩した挙句、リンチによって殺されてしまう。

そして、善を感じさせる存在として、田舎娘のリーナ・グローヴが登場する。臨月のお腹《なか》を抱えて、自分を置き去りにした男を探して、ジョーの住むジェファスンという南部の町にやってくるんだ。

おもしろいのはね、この二人がこの長い物語の主要な人物なのにもかかわらず、最後まで一度も顔を合わせることなく終わることだよ。ジョーの話が前半で、リーナの話が後半というように、個々に独立して語られるのでもない。いわば、二筋で一本の糸になるように、二人の話が緊密に縒《よ》りあわされているんだよ。

たとえば、リーナがジェファスンに到着して、彼女を見染めた中年男に助けられる一章から四章の後、五章でジョーが殺人を犯す前日の描写になるというようにね。リーナを中心とする筋は明るく、生命力があり、ジョーの筋は暗い色で、死の翳《かげ》がただよっている。その明暗が組紐《くみひも》のように縒りあわさっているんだよ。

フォークナーはね、まったく接点のない、別々の対照的な生を生きる人物を一つの舞台に登場させて、善と悪、明と暗、さらに現代の南部における人間と社会の外側と内側、過去と現在の複雑なひだを十分に見据えて、その絶妙なバランス感覚で描き切ったんだよ。もうこれはグレートというしかないだろう。

「ヨクナパトーファ・サーガ」での人物再登場

このグレートなバランス感覚は、フォークナー作品の全編に通底しているよ。

もう一つ例を挙げようか。『野生の棕櫚《しゅろ》』（"The Wild Palms" 一九三九年）では、「野生の棕櫚」と「オールド・マン」というまったく別個の作品を、一章ずつ交互に提示して一冊にまとめているんだよ。

二つの物語の大筋をいうとね、「野生の棕櫚」は、人間社会のなかで、自分たちの自我に閉じこもって生きようとして悲劇に遭う人間を描き、「オールド・マン」の方では、自然の大河が氾濫《はんらん》したときの人間の姿を描いているんだ。この一見関係のない二つの小説、別々のシーンを結びつけるには、大変なエナジーと空想力、そしてそれを俯瞰《ふかん》するバランス感覚が必要だと思うんだ。

驚くのは、こうした実験的な仕掛けは、一つの作品のなかだけでなされていたわけじゃないってことだ。彼は十七の長編を書いているのだけれど、そのうちの十五編が、自分の住む南部の一地方を題材にしているんだね。これらの作品の世界として、「ヨクナパトーファ郡」という架空の地域を設定して、その中心にジェファスンという町を置いているんだ。『八月の光』の舞台もこのジェファスンだったね。

フォークナーの作品を読んだことがある人なら知っていると思うけれど、この「ヨクナパトーファ郡」が舞台の一連の作品では、同じ人物があちこちの作品に登場するんだよ。「人物再登場」という、彼独特の手法だよ。

たとえば、『八月の光』の十一章に出てくるサートリスは、『サートリス』（"Sartoris" 一九二九年）、『征服されざる人々』（"The Unvanquished" 一九三八年）にも、出てくる人物だよ。全体として、この地方の大きな歴史の流れを語る叙事詩を形成するような、こうした作品傾向を、批評家たちは「ヨクナパトーファ・サーガ（譚《たん》）」と呼んでいるね。「ヨクナパトーファ・サーガ」における重層的な人物再登場も、全体を見通す大きなバランス感覚がなければ、効果的な配置や登場はなし得なかっただろうね。

善があるから悪がある

僕が何十年もフォークナーと付き合ううちに感じた、老子との接点は、彼のこの大きなバランス感覚にあるんだよ。ずっと後になって気がついたことだけれどね。

老子も、善と悪や、美醜といった対極的にあるものを、両方とも受け止めて、もっと大きなバランスによって説こうとしたんだよ。

この老子の言葉を読んでごらんよ。その大きなバランス感覚がとてもよく伝わってくるから――。

＊

「汚い」があるから「美しい」がある

ひとは無名の領域から出たものに
名をつけるが、それはものの
表面に
ただ張りつくだけなのだよ。

「美しいもの」は
「汚いもの」があるから
美しいと呼ばれるのさ。
善と呼ばれるのは
悪があるからだ。
悪があるから
善もあるというわけだ。
ものが「ある」のは、
「ない」があるからだ。

「長い」は
「短い」と比べるから長いのさ。
「高い」は

「低い」があるから高いのだ。
歌だって、そこに
声とトーンがあるから歌になる。

「前」は
「後」があるから
「前」と言える。
名はものの片方だけしか指せない――

これを知るタオの人は
知ったかぶらない。手軽く片方に
きめつけたりしない。
自然エネルギーに任《まか》せて
あまり手出しをしないのだ。

このタオの
本当の働きを受け入れる人は
何かをつくりあげても、威張《いば》らない。
成功しても、
成果を自分のものにしない。
自分のものだと主張しないから
かえって、ひとから忘れられない。
その人の成し遂げたものを
誰にも奪い取られない。

（第二章より）

【養身】天下皆知美之爲美斯惡已皆知善之爲善斯不善已故有無相生難易相成長短相較高下相傾音聲相和前後相隨是以聖人處無爲之事行不言之教萬物作焉而不辭生而不有爲而不恃功成而弗居夫唯弗居是以不去

*

僕の口語訳はよく伝わっただろうか。老子がいっているのは、物事にはすべて両面あるということだね。片面ばかりを見ていちゃいけない。負けるがあるから、勝つもあるんだし、不便があるから便利もある。その両方をちゃんと見なくちゃいけないよといっているんだ。科学でいう数量的なバランスではないよ。もう一回り大きなバランスのことなんだよ。その大きなバランス感覚で見ることで、命のワンダー（wonder　奇跡、不思議）というものに触れることができると、老子はいうんだね。

一回り大きなバランスで考えようか

大きなバランス感覚で物事を見なさいと老子はいう。

でもね、我々は世俗の、競争のある社会に生きているわけだから、なかなかそれができにくいよね。ついつい自分に都合のいい方しか見なくなる。

現代人は競争に勝つこととか、便利で快適なこととか、そっちの方しか見ようとしないからね。都合の悪いことは受け入れようとしないんだ。僕も都会で生活していたときはそうだったよ。けれど、老子の声を聴いて、いかに自分のなかのバランス感覚が歪《ゆが》んでいたか、わかった気がしたんだ。

いま、伊那谷の小屋に住んで、僕がいちばん関心があるのは、バランスなんだ。僕個人のバランス感覚ではなく、老子の説く一回り大きなタオのバランスのことだよ。

大きな振り子で、物事の本質の両面を受け入れていくとね、その振れ幅がどんどん大きくなっていくんだよ。そうして、さらに振り子を大きくして振れ幅を広げていくと、とてつもなく広い領域を囲いこんでいけるんだ。そんなふうにして、自然のエナジーに身を任せて、命のワンダーやミラクルなものに触れてみたいと思うんだ。

フォークナーの作品に通底するグレートなバランス感覚にもね、そんな老子の声が聴こえるような気がするんだな。

彼はね、善も悪も、明るいも暗いも、喜びも悲しみも、等分に受け入れて、人間の持つ命のワンダーに触れようとした作家だと思うんだ。僕が彼のことをきわめて人間的な作家だというのは、そこなんだよ。

彼に初めて日本で会ったとき、彼は偉い学者より、田舎町の素朴な普通の人々に優しい笑顔を向けたよね。あのとき、きっと僕は直観していたんだ。大きなものにつながろうとする、タオのエナジーをね。

黒人の乳母が伝えた、深い優しさ

フォークナーは彼の作品の根っこにある、大きな人間愛のようなものをどこで育んだのだろうかね。ここでもう一つ、フォークナーの作品、人間形成において、重要な側面があるんだよ。それは彼が生まれた時代と、育った環境に深く関係することだよ。

フォークナーは、一八九七年にミシシッピー州の北部ニュー・オールバニーで生まれ、五歳のときに一家でオクスフォードの町に移るんだけどね。彼は、いわば南部の貴族社会に近いような環境で育った人だよ。まあ名家といっていいだろうね。曾祖父《そうそふ》が有名な南北戦争の勇者でね、フォークナーの作品にも多く登場しているよ。

そういう意味では、非常に男性的な世界に彼は育つんだけど、実際に彼を育てたのは誰かといえば、黒人の乳母なんだよ。フォークナー家には、キャロライン・バーという黒人の老婆がいて、子供だったフォークナー兄弟たちの世話をしてきたんだ。フォークナーはこの乳母に、作品『行け、モーゼよ』("Go Down, Moses" 一九四二年)を捧げているよ。

僕はね、彼の作品の原点には、この乳母が深く関わっていると思っているんだ。その黒人の乳母が、幼いフォークナーに、命への優しさと、相手の命に対する責任感というものを伝えるんだね。彼の持つ、威厳と優しさ、バランスと緊張感といったものが融合する大きな包容力の源は、タオの心を知っていたこの乳母の存在にあるんだよ。

彼はね、自分に大切なものを教えてくれた、その黒人の乳母をとても愛したんだ。最後まで彼はその乳母の面倒を見てね、お墓までちゃんとつくって弔ったんだよ。

彼はね、その黒人の乳母から得たものを、人間のベースに置いて、白人文明の持っているさまざまな悪とか苦しみ、苛烈《かれつ》な競争というものと、いつも対峙《たいじ》する世界を描こうとしたと僕は思っているんだよ。

フォークナーの故郷で考えたこと

僕が、フォークナーと黒人乳母との関係を深く考えるようになったのは、ある出来事がきっかけなんだ。また昔の話になるけどね。

僕は、一九七六年の夏に、彼の故郷であるミシシッピー州オクスフォードの町で開かれた、「フォークナー集会」に参加したことがあるんだ。世界中からフォークナーの研究者や学者が集まって、講演や討論を行う催しだよ。

このときはもう何作もフォークナー作品を翻訳していたし、自分の英語力にもまあ自信も持っていたのだけれど、この集会に参加して、その自信が打ち砕かれたのをよく覚えているよ。訛《なま》りの強い南部英語がちっとも聞き取れないんだよ。これはつらかったね。それでも、講演会に参加して、僕は必死にその内容を聞き取ろうと耳を傾けたんだ。

集会三日目のことだよ。最初の講師は、ダーウィン・ターナーという、黒人のアイオワ大学の教授で、「フォークナーと奴隷」というテーマで講演を始めたんだ。彼の英語は北部で教えてきたこともあってか、訛りが少なく、聞き取りやすかった。

ターナー教授の講演内容は、意外にも、フォークナーに隠れた人種偏見があったのではないかという、彼への批判だったんだ。教授の話を聞くうちに、場内は嫌な緊張感で、しんと静まり返っていったよ。ターナー教授は、フォークナーは黒人たちに深く同情した作家ではあるが、やはり彼は南部の白人男性であり、奴隷を所有した上流家庭の子弟であって、その意識から抜けでられなかった作家だったというんだよ。

さらに、フォークナーは、奴隷制度は白人の犯した罪だとしながら、南北戦争前の南部には、白人と黒人の間に「一種の調和」があったと考えている。そういう南部中心主義と人種偏見がはっきりと作品から読み取れると、ターナー教授は、手厳しくフォークナーを批難したのだね。

小説作品のフレーズを例証にして、フォークナーは白人と黒人の関係をつねに白人の側から書いている、南北戦争前の白人は黒人の保護者であり、黒人と仲良くするときもそうした優越した立場を手放さなかったというんだね。そしてターナー教授はこう結論づけるんだ。そういう白人優越の関係は、南北戦争後も続いている。そんな白人と黒人の関係は、黒人の側からすれば、甘くて、とても非現実的だとね。

フォークナーの故郷で催されている集会で、こんな批判が出てくるとは思いもしなかったので、僕はちょっと固唾《かたず》をのむ思いでなりゆきを見守っていたんだ。

このターナー教授の話に続いて、南部の作家シェルビー・フットと、もう一人ミシシッピー大学の教授が加わって、三人による討論が始まったんだ。僕は、フォークナーへの厳しい批判に対して、後から加わった二人がどんな話をするのか、興味と好奇心をつのらせて身を乗りだして聞こうとしたよ。

ところが、たぶん反論しているであろうということはわかっても、彼らの早口の南部英語が、ひどくわかりにくくて内容が聞き取れなかったんだ。最初はわかりやすかったターナー教授の言葉まで、彼が興奮しているせいでよく聞き取れなくなってしまってね。ああ、肝心なところが聞けないと、このときばかりは、意気消沈したよ。

で、しかたなく、午後の自由時間に、集会で親しくなった大学院生に頼んで、彼らのやり取りを詳しく説明してもらったんだ。

フォークナーの「優しさ」は白人の優越意識なのか

彼の話によれば、フットはフォークナーの代表作『響きと怒り』のなかで、語り手の一人の青年クウェンティンが南部に帰省したときのシーンを例に出して、ターナー教授に反論したというんだ。

それを聞いて、僕は忘れていたシーンをやっと思いだしたよ。

北部の大学生だったクウェンティンがクリスマスで帰省するときのシーンだ。彼の乗った汽車が南部に入ってしばらくすると、小さな駅に停《と》まる。窓の外を見ると、踏切に一人の黒人がいる。それで彼は窓を開け、その黒人に向かって「クリスマス・ギフト」と呼びかける。南部では、クリスマスの日に最初に会った相手にこう言うと、この相手から贈り物をもらえるという習慣がある。つまり、先に叫んだクウェンティンの方が黒人からギフトをもらえる権利を得たわけなのだが、しかし、ここではクウェンティンが二十五セント銀貨を投げてやって、黒人が「ありがとう」と言う。

そういうシーンだよ。

フットはこの場面を例に挙げて、このシーンは白人の優越的な態度だといくらでも批難できるけれど、実際のリアルな現象だからフォークナーは書いたのだ。作家とはそういう「真実」を描こうとするものだと反論したんだよ。このときフットは、「真実の持つ威厳」という言葉を使ったというんだね。そうした真実性があるからこのシーンは少しも醜くない。むしろ、あのシーンは、南部の白人と黒人のactual（実際）な関係を描いていて、とても「優しい」（tender）シーンなんだとフットは言ったそうだよ。

その話を聞いたばかりのときは、フットの言う、南部の白人と黒人のactualな関係の、どこが「優しい」のか、僕はすぐにはわからなかったんだよ。この内容を僕に話してくれた大学院生の彼も、このフットの説に首をかしげ、「あなたには彼の言う意味がわかる？」と僕に問いかけてきたのだからね。

フォークナーの故郷で、僕は考えつづけたよ。大学の図書館に行き、フットの言ったこのシーンを幾度となく読み返しながらね。そして、これが一九一〇年ころの南部では、「非常にリアルなもの」だったろうなと感じたし、納得もした。そのうえで改めて、フォークナー作品の本当の魅力は、いつもそうした実在感と臨場感に我々を引きこむところにあると得心したよ。

そのリアルさによって、我々はいつも彼の語る物語やシーンに入りこんで、その物語の呼び起こす迫真性に感嘆するのだとね。

記憶のなかの「母なるにおい」

しかし、白人青年と銀貨をもらった黒人、その両者の関係に、どんな威厳と優しさがあるのか、測りかね、そこで再び思考が止まってしまったんだ。午後の図書館で、しばらくぼんやりして考えていたんだが、ふっとある直観が頭をかすめたんだよ。その正体がわからぬままに、僕は原作のその先を読み進めた。すると、あることに気がついて、いきなりフォークナーの深部に触れたような気がしたんだ。

このクリスマスに帰省したときのシーンは、南部の青年クウェンティンが、市電のなかの黒人を見て、回想する光景なのだね。

この日のクウェンティンは、いろんなことがうまくいかず、絶望のなかで自殺しようとしている。死を目前にして、心に浮かぶ回想は、彼の心の深部から湧きでるものに違いない。そうか、彼は、その黒人を見て、故郷の南部を懐かしんでいたのではない、もっと必死な気持ちがそこにはあったのだと、僕は思い至ったんだよ。

言い換えれば、このとき見た黒人のなかに、自殺から自分を救いだせる唯一の道があると白人青年は感じたんだ。たぶん、彼は黒人に取りすがろうとさえしたのだ、そういう気持ちだったんだと僕は確信した。

僕はこの考えを一つの「発見」だと思ったよ。

ターナー教授はこのシーンに、保護者同然の白人の優越意識を見た。南部の作家フットは、この関係に「真実の威厳」と「優しさ」を見いだした。そして僕は、その「優しさ」が黒人たちから発散するものであって、それを白人クウェンティンがひそかに求めているのだと気づいたんだ。ターナー教授の見方とは正反対に、白人が黒人を慕い、黒人の膝に取りすがって保護を求め、救いを求めているんだとね。

このシーンにおけるクウェンティンは、もっと具体的に一人の黒人女を慕ったんだよ。

彼の生家で働く黒人女中ディルシーをね。彼の幼少年時代は、この黒人の乳母によって育まれたものだったからだよ。原作では、頽廃《たいはい》した白人旧家で、その黒人女中がいかに支柱的存在だったかを、フォークナーはじつに明確なタッチで描きだしているよ。

白人青年クウェンティンはね、その乳母によって、黒人たちの生き方の豊かさと自在さを、よく知っていたんだよ。だから、うまくいかない人生を呪って絶望の淵《ふち》に立ったとき、その豊かで優しい、母なる「におい」に包まれたかったんだ。

それはまさにフォークナー自身の忘れ得ぬ記憶、経験でもあるんだよ。黒人たちに寄り添いたい、ひそかに甘えたいという彼のスタンスは、彼自身が記憶する、黒人の乳母が発散していた「母なるにおい」であり、「優しさ」から出てきたものであるからね。

彼の故郷でその「発見」に至ったとき、僕の頭のなかで、目まぐるしく今まで読んできた彼の作品が駆け巡ったよ。そして、その長い関係において、初めてフォークナーという偉大な作家が理解できたような気がしたんだ。

フォークナーは、ほかの作品でも黒人の乳母に育てられる白人少年や、白人少年と黒人少年の物語を書いているよね。『行け、モーゼよ』もそうだし、僕が二十代のころ初めて訳した『墓場への闖入者』や『征服されざる人々』にも、幼友達で仲良しの白人少年と黒人少年が登場するよ。

頭のなかで、彼の作品を忙しく検証するうちに、はるか昔に訳したある一シーンが思い浮かんだんだ。現代の南部を舞台にした『墓場への闖入者』で、白人少年チックが黒人少年アレク・サンダと兎狩《うさぎが》りに行って、チックが川に落ちてしまい、黒人小屋で世話になるシーンだよ。そこにこんな描写がある。

「繭のように掛布にくるまり、あのまがうかたない黒人の臭気に今はすっかり包みこまれていた――」

「彼は絶えずそれをかいできた、いまもかぎなれている――それは彼の逃れえぬ過去の一部であり、また南部人として彼の受け継いだ大きな遺産だった――」(『墓場への闖入者』第一章)

フォークナーはね、その作品中で「白人の胸中にある黒人のにおい」を、「彼の受け継いだ大きな遺産」だと、はっきり言い切っているんだよ。この感覚は、フォークナー自身が明確に意識して、認めていたことなんだね。

フォークナーの娘のジルは、やはり黒人の家政婦の娘とともに育っているんだよ。この黒人の娘は、ジルの母親の名を取ってエステラと呼ばれたんだけれどね。きっとフォークナーは、自分の娘にも、自分の受け継いだ「南部の遺産」を伝えたかったんだろうな。

二十代で彼の作品を訳したときには、作品の底に脈々と流れている、この「大きな遺産」のことには、まるで気がつかなかった。翻訳者として本当に若輩だったからね。

でもね、いまの僕にはわかるんだ。彼ら黒人によって育まれた威厳と tender な heart が、彼のなかで深く根づいて、タオなバランス感覚をつくり上げていったんだということがね。

記憶の彼方《かなた》の深く懐かしい交感

フォークナーの故郷で、彼の深部に触れることができた気がして、静かに興奮したのを今もはっきり覚えているよ。

ここから、当然といえば当然だけど、僕は、マーク・トウェインの『ハックルベリー・

フィンの冒険』を思い起こしたよ。少年ハックは、酔いどれの白人の父親から逃げだし、お固い行儀ずくめの白人婦人からも逃げだし、黒人のジム爺《じい》さんのなかに自分の求める父性を見いだすんだね。黒人ジムのなかにある本来の人間の精神というものを、ハックは継承するんだよ（作家としてのマーク・トウェインとタオの精神性については第二章で改めて語ることにしよう）。

マーク・トウェインと同時代のJ・C・ハリスの作品にも似た場面があるよ。『アンクル・リーマス』では、元奴隷だった黒人老爺《ろうや》のアンクル・リーマスが、白人少年に動物の話を聞かせるんだよ。体が小さくて力も弱いウサギが、生きる知恵を駆使して、キツネやオオカミなどの強い動物をうまくやっつけてしまう話とかね。その話に夢中になって聞きほれる白人少年は、自分の育った白人の父母との家庭とはまったく違う精神と生活をそこに学ぶんだね。

南部ジョージア州生まれのアメリカの女性作家、カースン・マッカラーズの『結婚式のメンバー』にも似た情景が描かれているよ。

この作品は、たしかジョージア州の小さな町の家の話だが、十二歳の娘フランキーは、黒人女中のベラナイスに、自分の心を語り明かす。お転婆でさみしがり屋のフランキーは、ベラナイスの膝にもたれて甘えながら、自分の考えているとんでもない夢想を打ち明ける。フランキーのさみしい夢を、肥った黒人女中のベラナイスのほかは誰一人聞いてくれる人がいないからだよ。

マッカラーズもフォークナーのように、黒人を使用する南部の中流家庭に育ち、その環境のなかで、黒人に懐の深い大地の優しさを感じていた作家の一人だと思うね。

まだ差別が色濃く残っていたこの時代に、多くの白人の子供たちが、黒人の乳母や女中、老爺たちと、白人の親たちが思いもよらない深い交感をしていたんだよ。そしてこの交感には、とても大切な意味があったんだ。だから、文学にもこれほど頻繁に描かれているんじゃないだろうかね。

「人間の遺産」への深い眼差し

そしてね、マッカラーズの『結婚式のメンバー』で、フランキーが黒人女中のベラナイスに、甘えて寄りかかっているシーンを思いだしているときに、僕のなかで突然、太宰《だざい》治《おさむ》の作品のあるシーンが浮かんだんだよ。

太宰の『津軽』の最後の場面だよ。

小説の時代は戦争中で、太宰は故郷の青森を訪ねるんだね。このときの彼は、東京暮らしで見失った何かを、必死に見つけようとしている。すると、無性に、幼年時代に自分を世話してくれた、越野たけという女性に会いたくなるんだよ。あちこち訪ね歩いて、ようやくそのたけが子供の運動会に出かけているところを見つけるんだ。太宰は、桜の花の散る下で、質素な弁当を広げるたけと相対する。最後のその交感のなかで、太宰の思いが溢れるように伝わってくるね。

このシーンを思いだして、僕は即座に思ったよ。ああこのときの太宰は、あの白人青年のクウェンティンと同じだったんだと。彼が子守りのたけに求めたものは、クウェンティンが黒人女中ディルシーに求めたものだったんだよ。

ということは、クウェンティンの心の希求は、南部人だけのものではないということだよね。少年ハックが求めたものも、少女フランキーが求めたものも、それは単に「南部の遺産」であるだけでなく、「人間の遺産」ともいえるものなんだ。

そういえば、夏目漱石《そうせき》の『坊ちゃん』でも、主人公が心から語りかけるのは、あの「婆や」一人だけだったじゃないか。今の人は知らないかもしれないけど、昔の日本には「女中っ子」という言葉があったね。

僕の家もね、大きな商家で忙しく、僕の世話は「小僧さん」がすることが多かったんだよ。僕より五つ、六つ年上なだけで、当時はまだ少年だったけど、そうして働きにきていたんだよ。その小僧さんがとてもいい人でね、彼と一緒にいるのが大好きだったよ。僕は誰よりもこの人に親しみ、この人の寛大さのなかで伸び伸びと育ったんだ。彼がどんな忍耐心と愛情をもって幼い僕に接したかは、七十年以上もの月日が過ぎた今でも、はっきりと感じ取ることができるよ。この人と過ごした幼い時期は、僕のなかに非常に温かな経験として深く残っているんだよ。

もちろん、女中さんや使用人に育てられたといったって、なかには資質が良質でない場合もあると思うよ。しかし、子供が、形式ばった両親ではなく、心の通った乳母や他人に育てられて受け継ぐもの――それを「人間の遺産」といってもいいんじゃないかね。

フォークナーはね、南部のことを書きながら、いつもそんな深い眼差しから「人間」の存在を、その歴史を書こうとした作家なんだよ。

ヘミングウェイは力の信者

フォークナーはタオイストだ。その深部には優しさや柔らかさがあるんだよ。彼の心はね、本来自分のなかにあるネイチャーな感覚に通じるものなんだよ。根っこにある生命の歓びを感じる領域といったらいいかな。

そういうものは、エリオットにもヘミングウェイにもないんだね。痛ましいことだけれど、この二人には、少年期にそういう優しさや柔らかさに触れた記憶というものがないのだと思うよ。

エリオットも名家の出だけれど、ある意味非常に冷たい少年時代だったと思うし、ヘミングウェイの生育史にもこれと重なるところは多いね。ヘミングウェイの母親は有名な声楽家で、一種の社会婦人なんだな。父親も医者で権威的で冷たい性格だったから、別の見方をすれば、優しさや温かさとは無縁のとてもかわいそうな少年時代を送ったともいえるね。そんな父親の性格を受け継いだのか、彼の創作の神は、優しさではなく、人々を屈服させる「男性的な力」なんだ。力の信者といっていいね。

この章の冒頭で、僕がヘミングウェイをあまり好きじゃないといった理由はそこにあるんだよ。

フォークナーの方が先にノーベル賞をもらうのだけれど、学者も含めて人々は、だんだんヘミングウェイの方が力が上だという認識を持つんだな。すごい人気だったからね。僕もヘミングウェイは相当読んだよ。でもね、どうにも好きになれなかったね。

あれは僕がアメリカにいたころのことだよ。まだヘミングウェイがアフリカに滞在していたころだね。

僕が大学の町を歩いていると、「Hemingway was killed」と書いた新聞が出ているのを見つけたんだよ。驚いちゃってね。それであちこちに聞いてみたら、アフリカの林で彼の乗った飛行機が墜落したんだっていうの。僕もそれは本当だと思って、非常にびっくりしてね。ところが、次の日の新聞に、死んだというのは間違いで、無事救われたと書いてあってね、それの方が正しかったんだけれどね。

そんなことがあったもんだから、何だか急にヘミングウェイのことが気になってね。僕は、下宿で、彼の書いた『アフリカの緑の丘』（"Green Hills of Africa" 一九三五年）というエッセイを読んだんだよ。

そのときのことはよく覚えているんだ。昼間だけれど、ベッドの上に寝転がりながら読んでいたんだけどね、読み終わったとき、僕はその本を向こうの壁に投げつけたよ。とにかく、ものすごく不愉快になってね、怒りが収まらなかったよ。

アフリカにね、クズーという、立派な角の生えた、スタイルのいいきれいな羚羊《れいよう》がいるんだよ。その群れが走っていくのをヘミングウェイが追いかけてって、今日は何頭撃ったとかね、明日はあそこへ行って何頭撃つんだとか、もう殺す話ばっかり書いているんだよ。動物を射殺するのに、何のためらいもないんだ。それどころか、それをいかにも快感とし、また、みんなも俺のやってることを感心するだろうっていうタイプなんだよ。

キリングするという快感だけに酔いしれている、あ、こんなやつかと思ってね。それで、「こんなやつに絶対僕は共感しない」と心の底から思ったんだよ。

それは、短編集『われらの時代に』(“In Our Time” 一九二四年)に収録されている「インディアン部落」(“Indian Camp”)を読んだときも感じたね。これは有名な短編だけれどね。

ニックという少年が、二日間も難産で苦しんでいる女性を助けるためにインディアン部落に向かう医者の父親に同伴するんだ。到着すると、インディアンの妊婦があまりの苦痛に叫び通している。それを何とか出産させようとするのだが、自然分娩《ぶんべん》は無理だと判断した医者の父親が、ジャックナイフを取りだし、麻酔なしで妊婦のお腹を帝王切開して、赤ん坊を取り上げるんだよ。その一部始終をニック少年は見ているのさ。

そうしてやっと出産が終わって、医者が得意げに赤ん坊の父親に報告しようとすると、足に大けがをし、二段ベッドの上で、二日間も下のベッドの妻の叫び声を聞いていた夫は、自分の喉《のど》をナイフで掻《か》き切って自殺してしまっていた、という非常に残虐な結果に終わる物語だよ。どうして彼はこんなものを書くのか。僕はまたもや嫌な感じでいっぱいになったよ。

ヘミングウェイは、毎年、ミシガン湖のそばの別荘で夏を過ごし、インディアンたちと接点があった時期があってね。そのとき、もう少し彼らと親しくなっていたら、大きな自然とつながる優しさを持ち得たかもしれないんだ。

あの短編を読んで、僕は、彼にはそんなものはまったくないと確信したよ。さっと、先住民の彼らを傷つけ、追いこんで、すべてを力で奪い取ったアメリカ帝国主義の側にいた人間なんじゃないか。世界中の彼を崇拝する読者ににらまれそうだけど、そんな気すらしてしまったよ。

フォークナーが日本に来たときに見せた、あの普通の人々に向けた柔らかな優しさね。そんな優しさの片鱗《へんりん》が少しでもヘミングウェイの作品に感じられたら、僕の印象もまったく違ったものになっていただろうけれどね。

後の第三章で述べるけれどね、人は生まれてから少年期までに、自然と接触したり、フォークナーが黒人の乳母と交わしたような豊かな時間を体内にしみこませることで、タオの源泉となる優しさや柔らかさを育んでいくのだね。そうした体験のなかったエリオットやヘミングウェイは、偉大な作家ではあると思うけれど、僕には最後まで寄り添えない人間であったと思う。

力の信者は、じきに息切れするよ

ヘミングウェイのベースにあるのは、力を誇示する「男性原理」だろうね。僕がロレンスやフォークナーを語るとき、力ではなく、「優しさ」や「柔らかさ」を強調するのはね、それが男性の肚《はら》の強さ固さではなく、女性の腹の柔らかさにつながるものだからだよ。そして、その柔らかさを知る者は、産む母を通じて生命力とつながるんだね。

現代までの文明国では、生命力を産む優しさが、あまりにも軽視、あるいは無視されてきたと思うよ。

権威とか名誉とか、そんなものでいくら自分の力を誇示しようとしてもね、やがて息切れを起こすのさ。

そこには本当に命を活性化する力がないんだからね。

老子も、こんな苦言を呈しているよ。

＊

ライフには餘計な料理なんだ

（前略）
ひとを追越して大股にゆく者は
遠くには行けない――じきに
へたばるのさ。自分を
ひとによく見せようとばかりする者は
自分がさっぱり分からんのさ。そして
自分こそ正しいって言い張る者は、
かえってひとに認められないし

鼻たかだかでなにかする者なんて
誰にも尊敬されないのさ。

じっさい、
プライドばかり高い人間には、誰も
ついてゆかない。これはみんなが
ひそかに知っていることだよ。

タオの立場から見れば、こんなものは
みんな餘計な料理なんだ、
充分に生命を戴いたあとの
残りものにすぎない。だから
タオにつながってゆったり生きる人は
手を出さないよ――こんなものには。

（第二十四章より）

【苦恩】企者不立跨者不行自見者不明自是者不彰自伐者無功自矜者不長其在道也曰餘食贅行物或悪之故有道者不處

*

老子のいうとおり、タオイズムに通じる作家は押しなべて功名心というものがないよ。ロレンスもフォークナーも、野心や名誉、権力といったものには、まったく関心を示さなかった人たちだね。彼らにとって、みんなが欲しがるそうした社会的欲望は、老子のいう「餘計な料理」だったんだよ。

人種も、血縁も関係ない。そんなものの存在すら知らない、幼少年期に得た温かいものを大事にしてね、その優しさや柔らかさを大人になっても決して手放そうとしなかった。そして、葛藤を抱えつつも、そんな社会の雑念に踊らされることなく、人間の魂の奥深いところに触れようとした作家だよ。

彼らはいつだって「すべての母なるもの」の存在を感じ、その母のおっぱいを吸うことで、創作の滋養にしてきたんだよ。

僕が共感した作家は、みんなそうさ。不思議で興味深くて、深い愛の眼差しがある。だから、いくつになってもその世界を探訪したい気持ちに駆られるんだね。

第三章　「初めの自分」につながる、ということ

――マーク・トウェイン、ウィリアム・ジェイムズ、ラジニーシ、幸田露伴……

「求めすぎる」現代人の神経衰弱

D・H・ロレンスと、ウィリアム・フォークナー、ここまで僕にとっての大きな山塊を二つ越えてきたけど、山から見える景色はどうだったろうか。彼らの語る命の優しさや柔らかさが聴こえただろうか。

タオイストの山は、決して人を寄せつけない切り立った断崖《だんがい》絶壁ではないよ。その稜《りょう》線《せん》は雄大でなだらかで、裾野は限りなく広く、深い谷の水はあらゆる生命を育み、受け入れる――。そんな愛の資質を持った彼らタオイストたちを、僕はずっと敬愛し、彼らの紡ぐ言葉に心を満たされてきた。若いころはわけもわからずに――そして老子の命の思想を知ってからは、自分の直観は間違ってなかったと、解を得た心持ちでね。

ロレンスとフォークナーがタオイストだということを、優しさや、柔らかさという観点から、いろいろ見てきたけれどね。タオイストの共通項を、もう少し別の言い方をすれば、「始原《はじまり》の自分」、あるいは「初めの自分」とつながっている人、ということもできる。

「初めの自分」というと、何か観念的なようだけど、そんな難しいことじゃないよ。みんなが赤ん坊のときに、しっかりと体のなかにしみこんでいるものだよ。求めなくても十分に与えられる恵みがあるということとかね。あるいは、求めても、それ以上求めないで満足していられる心というかな。

生まれたばかりの赤ちゃんは、何が得とか損とか、こうするべきだなんていう社会常識で動いているわけじゃないからね。赤ちゃんの命の細胞を動かしているのは、大いなるタオのエナジー、自然のエナジーというものだよ。赤ん坊の存在そのものが、もう自然の一部といっていいね。「初めの自分」というのはね、そういう自然のままの、人間が生まれたとき最初に持っている命の感覚のことだよ。

人は赤ちゃんから成長し、子供時代を生き、やがて社会常識や科学常識を取りこんで大人になっていく。大人になれば、当然、自由気ままには生きられない。ロレンスが苦しんだように、社会的圧力からくる恐怖や、苦しみは、人間をとても消耗させるよね。現代人はつねに競争にさらされているし、常識も強要される。そこから外れたり、取り残されたりすることは、想像以上に恐怖を生んでいるんだ。サラリーマンだって、仕事の競争や人間関係で、みんなストレスをためているだろう？

もちろん社会に出て、普通に働くことは必要だし、大事だよ。だけどね、そんなふうに、あまりに「社会化された自分」だけを受け入れていると、人間というのは必ず行き詰まって神経衰弱になってしまうのさ。人はね、だいたい二十五歳くらいまでに、社会化された自分というものを吸収してしまうんだよ。もう十分すぎるほどね。だから、それ以上もう受け入れないでもいいんだよ。

なのに、現代人は苦しくても、疲れても、自分を社会化するのをやめやしないんだね。もうとっくに行き詰まっているのに、それを見ないふりして、自分に鞭《むち》打つ。今の九十パーセントの人々が、そんなふうに生きてるよね。いつかぽっきり折れるんじゃないかと、どこかで恐怖を感じながらも、その競争から降りられない。もう求めないでいいのに、求めすぎて、命を消耗させているんだよ。

「初めの自分」に立ち戻る

僕がバランスが大事だというのはそこだよ。「求めすぎ」たら「求めない」の方に行けばいいんだ。でも、みんなが乗っているバスや電車から一人だけ降りるのは、勇気がいるよね。そんな恐怖や不安から逃れるにはどうしたらいいだろうか。

いちばんいい方法はね、「初めの自分」に戻ることさ。「初めの自分」のなかにあるエナジーというのはね、外からどんな圧力が加えられても残っているものなんだよ。そんなもの忘れちゃった、思いだせないと思ってもね、呼び戻そうと思えばいつでも呼びだせるんだ。

「初めの自分」に戻るというのはね、人間本来の姿に戻るということだよ。

アメリカに禅を広めた、昭和の曹洞宗《そうとうしゅう》の僧侶《そうりょ》、鈴木俊隆《しゅんりゅう》（一九〇四〜七一年）さんは、アメリカの人々に教えるときに、"Beginner's Mind"という言葉を使ったよ。「初心」という言葉で、「初めの自分」を教えたんだね。タオイスト的な心理学では、"original self"という言葉もあるね。

僕はね、禅でいう「初心」とか「本来の自分」という言葉が、少し説教臭くて好きじゃなくて、僕の解釈で「初めの自分」という言葉を思いついたのだけれどね。

「初めの自分」に戻るというのはね、社会に教育された自分ではない、本来の自分のなかにあった声を聴き取るということだよ。最初に育まれたエナジーの存在を体のなかに感じ取ることだよ。「初めの自分」は、決して赤ん坊にだけあるものじゃない。少女期、少年期の子供のころだってね、いざ遊ぶとなったら、そこらじゅう駆け回って夢中で遊ぶじゃないか。そんなときは、「初めの自分」なんだよ。

だけど、今の子供たちは、小学校から受験勉強させられたりして、早くに「初めの自分」を忘れさせられているかもしれないね。

僕はね、幼いころは本当に伸び伸び育ったんだよ。勉強しろとか、エリートコースに行けとかいわれずにね。特別なぜいたくはしなかったけれど、自分の好きなことだけはやることができた。

二十歳のころまで、そんなふうに育ったもんだから、僕自身は「初めの自分」の要素が、青年期まで残っていたんだと思うよ。だからね、行き詰まったり、苦しくなったときは、無意識に「初めの自分」を呼びだすことができるようになったのかもしれない。

社会化された自分が息苦しいというと、まあ大抵は、会社とか、役所とか、そういう組織のなかの息苦しさを思い浮かべるけどね。

僕は戦争で軍隊を経験しているからね。その縛りは尋常じゃないよ。

青年期まで「初めの自分」をたっぷりと持っていた僕がね、軍隊でそれを一切シャットアウトされたわけだ。自分の好きなことは一切できない。あらゆることが、階級と命令と暴力というものでつくられた階層社会に、いきなり叩きこまれたんだよ。いちばん下層の一兵卒としてね。

自由を失った僕の魂は、その「拘束」に異様なまでの嫌悪を感じたよ。普通はね、入隊した人たちは、そんな暴力まみれの規律と抑圧のなかでも、何とか折りあいをつけて、適応しようとするのだけれどね。

でも僕は、深いところで、決して屈服しなかった。機会があれば脱走しようと、つねにひそかに思っていたし、腕の一本も切り落とせば兵役が免除されるならと、故意に自分を負傷させたこともある。もう動物のように、本能に近い気持ちで、そこから這《は》いでたかった。それほど不自由な自分に耐えられなかったんだね。この軍隊経験で、自由を奪われることがいかに恐ろしいか、身に滲《し》みて知ったんだ。

こんな体験があるから、僕のなかでより一層「初めの自分」を渇望する気持ちが強くなったのかもしれないね。まだまだ老子に出会うずっと前の話だけれど、今考えれば、過酷な環境下で、僕のなかの「初めの自分」が必死で抵抗運動をしていたということだよ。

その奥深く眠っている要素を無意識に呼びだすことができたから、ロレンスにもフォークナーにも感応できたんだ。

赤ん坊のように、求めすぎないでも十分満ち足りた気持ちになれる。少年のように走り回って、生きていることを全身で体感できる、満喫できる。「初めの自分」に戻るとね、すべてから解放されて、楽になれるよ。魂の自由を感じるよ。

老子のタオの思想はね、「初めの自分」とつながることにあるんだよ。この第五十五章を読んでごらんよ。僕の言葉足らずの説明がいっぺんでわかるから。

＊

赤ん坊《ベイビー》の握りこぶし

タオの働きをたっぷり持った人というのは、
いわば赤ん坊《ベイビー》のようなものなんだ。
全く無邪気な存在だから
毒蛇や虎なんかでも害を加えない。
柔らかくて弱々しいが、その
握ったこぶしは固い。
男と女の結合のことなんか知らないのに
小さなチンポコはしっかりと立つ。
というのも常に生気が満ちているからだ。
一日中大声で泣き叫んでも
声がかれないのは

タオの調和の中にいるからなんだ。
大人になって、この調和を知るのが
本当の知恵さ。
ところが自分の欲望を重ね、
増幅させてゆくと、
エナジーは赤ん坊《ベイビー》の柔らかさを失い
堅くて強引な暴力に向う、
そして壮年期からたちまち
老化に至るんだ――
強ければ強いほど
老化は早いんだよ。

（第五十五章より）

【玄符】含德之厚比於赤子蜂蠆虺蛇不螫猛獸不據攫鳥不搏骨弱筋柔而握固未知牝牡之合而全作精之至也終日號而不嗄和之至也知和曰常知常曰明益生曰祥心使氣曰強物

壮則老謂之不道不道早已

＊

そう、赤ん坊のような柔らかなエナジーを放つ自由な魂が「初めの自分」だよ。ロレンスもフォークナーも、「初めの自分」と必死につながろうとした作家だよ。ロレンスは、「初めの自分」を、女性のエロスや優しさに見いだそうとしたし、フォークナーは、南部の黒人の乳母のにおいに、それを感じ取った。

彼らだけじゃないよ。今まで僕が共感した作家や思想家たちは、みんな人間の奥底にある「初めの自分」、あるいは「始原《はじまり》の感覚」につながろうとした人間だよ。そのことに気づいて振り返るとね、僕が歩いてきた人生にはタオイストの山脈が広がっていたんだ。

じゃあ、またその山道を少し散歩してみようか。

マーク・トウェインを支配した少年期の時間

「初めの自分」を持った作家といって、まず思い浮かぶのは、アメリカの作家、マーク・トウェイン（一八三五〜一九一〇年）だね。

彼の作品のなかにある、あの少年期の生き生きとした時間こそが、彼の一生を支配したといってもいいね。少年期に持っていた好奇心とか、冒険の心とか、新しいものを感じる能力とかね、そういうものが彼のなかに、しっかりと刻みこまれているんだよ。

だから彼はね、ものの見方が、自己中心的じゃないんだ。

あれだけユーモラスな視点というのはね、社会化された自分の世界からは出てこないんだよ。形式を離れてね、もっと自由な目から見て、初めてユーモアというものが出てくるんだ。マーク・トウェインは、そういう少年期の持っていたあの楽しさ、おもしろさ、新鮮さというものを、一生をかけて、その目から見ていた作家だよ。

その好奇心に満ちた少年期を生き生きと描いた代表作が、『トム・ソーヤの冒険』

（"The Adventures of Tom Sawyers" 一八七六年）と『ハックルベリー・フィンの冒険』（"Adventures of Huckleberry Finn" 一八八四年）だね。

どちらにも、冒険が大好きなトムとハックという二人の少年が登場するけど、この二人はじつに対照的な存在なんだ。この二人の少年の資質に注目して読んでみると、マーク・トウェインという作家の本質が見えてくるよ。

トム・ソーヤの方は、少年期の溌剌《はつらつ》さを持った腕白坊主ではあるけど、それほど天衣無縫というわけではないね。トムは、ある程度社会的背景を背負った存在として、物語に登場しているんだよ。一緒に遊ぶ黒人少年に対しても、仲間ではあるけど、無意識に一線を画しているというか、そこに社会的に区別しようとする視線があるんだね。

それに対して、ハックの方は、飲んだくれの父親から逃れて、浮浪児として育った。こちらは「初めの自分」そのままの自然児といっていいね。社会化された自分から限りなく自由で、生きる知恵を駆使して、自分の好きなように生きている。黒人少年と一緒にいるときも、まったく屈託がないんだね。そこに大人たちがこしらえた社会目線はない。だからね、同じ人間として、仲間として、ハックは、自然に黒人少年とも「共存」できるんだよ。

二人の資質の違いはほかにもあるよ。

子供たちは、いろんな情報を吸収して育つよね。情報には二種類あると僕は思うんだ。「自然情報」と「人工情報」だよ。「自然情報」というのは、自然がもたらす情報で、肉体の感性や感覚を通して体に入ってくる情報だ。「人工情報」は、知識や技術のように、おもに頭を通して入る情報だよ。この二種類の情報収集能力は、人間にとって大事なものだよ。人工情報の方は、知識を覚えるだけでなく、その知識を「どうやって探しだすか」という方法論の知識も入ってのことだからね。

その能力でいえば、トム・ソーヤの方は、「人工情報」の方を仕入れる能力に長《た》けた少年、ハックの方は、動物的な「自然情報」を感知する能力に長けた少年であるといえるよね。具体的にいえば、トムは空想をそそる読み物をうんと読んで、好奇心や冒険心をつのらせるタイプ。ハックは、五感から感じ取った体験を、体にしみこませて自在に応じられる判断力を持っているタイプなんだね。

二人の少年を生きた作家

僕はね、トムとハック、どちらがいいといっているわけじゃないんだ。マーク・トウェインという作家の文学はね、この際立って対照的な二人の少年を、素晴らしく生動させる物語をつくったということなんだ。

なぜこの対照的な少年たちが生動しているかといえばね、この二人の少年は、両方とも彼自身であるからだよ。彼はトム・ソーヤ的なものも十分持っていたし、ハック的な天真爛漫《らんまん》さも体のなかに深く内在させていたと思うよ。そしてね、どちらの資質も自分のなかにバランスよく受け入れて、人間としてとてもジェントルに生きた男だと思うんだよ。というのはね、彼の選んだ人生がどういうものであったか、ということに深く関係するんだね。

彼が結婚したのは、上流階級の優しい娘でね。まあいってみれば、アメリカの典型的な金持ちの娘だよ。その妻を愛した彼は、妻の世界の、つまり階級社会のルールに従って、自分もきちんと紳士のような生活をしたんだよ。そちらの世界もリスペクトして、受け入れたんだね。しかし、マーク・トウェインという作家の奥底には、決して消えることなく「初めの自分」が根づいている。普通なら、その気持ちが強いほど、常識にうるさい階級社会のようなところからは飛びだしたくなるものだね。

でも、彼が実生活でそれをしなかったのは、妻への優しさもあるけど、何より大きいのは「飛びだす場所」がちゃんとあったからだよ。それが彼のつくりだした物語世界なんだね。物語のなかで、彼は存分に自分のなかにある「初めの自分」を解き放ったんだ。そして彼が実生活ではなし得なかった冒険や自由で気ままな浮浪生活を満喫したんだね。

彼にとって、トムは実生活の自分であり、ハックは創作のエナジーを与えてくれる、忘れ得ぬ自分の少年期であったんじゃないかな。

マーク・トウェインの作品に『王子と乞食《こじき》』というのがあるだろう？

瓜《うり》二つの顔の王子と貧しい少年が、ひょんなことから衣装を取り換えっこし、互いの立場が逆転してしまう。二人の少年がその体験から人生を知るという名作だね。これはまさに、彼自身のなかにある両方の世界が対峙した作品だよ。

ほら、老子もいっていたね。物事にはすべて両面あるということを。相反する世界はつねに裏表で存在するってことだよ。片面だけを見ていちゃいけない。マーク・トウェインは、その二つの世界を認めて、受け入れていた。その意味では、作品の性格は違うけれど、マーク・トウェインとフォークナーのバランス感覚は、非常によく似ているね。

トムとハック、王子と乞食、その二人の少年の生き方をどちらも尊んだからこそ、彼らが物語のなかで共存し、楽しく、フレッシュに生動しているんだね。それができたのは、彼のなかに「初めの自分」がしっかりと息づいていたからなんだ。

少年期に誰もが感じていたあのわくわくする感じ、「初めの自分」というのはね、その喜ぶ素質なんだよ。彼の作品からね、そのわくわくする喜びが読者に伝播《でんぱ》するんだ。遠い昔に忘れていた感覚を呼び起こしてくれるんだ。だから、マーク・トウェインという作家は、大人にも子供にも、いつまでも人気があるんだと思うよ。

科学の分野にもタオの流れ

ここで、文学からちょっと視点を変えてみようか。

タオイストは文学者や思想家ばかりではないよ。科学の世界にもタオイストが出現しているんだよ。

僕はね、アインシュタイン以降、科学の世界もタオ的な転換を遂げつつあるんじゃないかと思っているんだ。はるか紀元前に老子が説いたタオ・エナジーや、人間の深部にある「名のない領域」というものの存在を、いまや科学も証明し始めているんだよ。

たとえば、アメリカの物理学者のフリチョフ・カプラ（一九三九年〜）は、量子力学の分野から、「明暗、勝ち負け、善悪など、対立するものはすべて相互に依存することによってその存在と性質を獲得する」という概念を、実証してみせた。

これはすでに老子がいっていることだよ。八十一ページで紹介した、第二章の「『汚い』があるから『美しい』がある」を読み返してほしい。老子も物事は決して片面だけでは成り立たない、その均衡が重要なのだと説いたわけだね。カプラも、こうした東洋の神秘思想にヒントを得て、「対立の統合」には、陰・陽などのダイナミックな調和の概念が不可欠だと結論づけているんだ。

現代物理学と東洋思想との相同性、相補性を指摘した一九七五年の『タオ自然学』は、世界的なベストセラーとなって、日本でも翻訳されたよ。

また、アメリカの物理学者、デビッド・ボーム（一九一七〜九二年）も、哲学的概念が量子力学における概念と歯車のように一致するということを、磁場の実験から立証した科学者だよ。

目に見える秩序の世界があると同時に、目に見えない世界も秩序を持っているということを、「明在系」と「暗在系」という概念で、彼は示したんだ。

我々の生きているこの世界は、単なる二元論や目に見える事象、意識できる事象だけじゃ語れないということが、科学の世界でも常識になりつつあるんだよ。

スイスの心理学者のカール・グスタフ・ユング（一八七五〜一九六一年）も、この流れのなかにいる一人だよね。今までの学問では、「無意識」というものは、宗教の神と結びつけられる程度だったのが、フロイト以降、無意識がどう人間に影響を与えるかという研究が進み、ユングに至るわけだよね。

ユングは、もともと人間には、男性・女性を問わず、誰のなかにも「女性性」と「男性性」があるとして、その女性の素質を「アニマ」、男性の素質を「アニムス」と表現した。このことを西洋世界で、きちんと言いだしたのは、おそらくユングが最初だろうね。

しかしね、老子ははるか昔にそのことに気がついていたんだよ。男（雄）の働きを社会的な活動ととらえ、女性（雌）の働きは、根源生命に深くつながると見ていたんだ。そして老子は、この両者が、一人の人間のなかで調和することを、非常に大事なことだと考えていたんだよ。

第二十八章で、老子は明快にこう語っている。

＊

アニムスとアニマ

どんな人のなかにも
男性素質（アニムス）と
女性素質（アニマ）が内在している。
君のなかの固いアニムスをしっかり意識しつつ
柔らかなアニマをつねにはぐくむ、
そうすれば君は
あの天下の谷から流れでる水につながるんだ。
いつでも
あの無限のパワーの領域から流れでる水を辿って
幼い子の心に戻れるんだ。

（第二十八章より）

【反朴】知其雄守其雌爲天下谿爲天下谿常德不離復歸於嬰兒知其白守其黑爲天下式爲天下式常德不忒復歸於無極知其榮守其辱爲天下谷爲天下谷常德乃足復歸於樸樸散則爲器聖人用之則爲官長故大制不割

＊

原文の「知其雄守其雌爲天下谿」（其《そ》の雄を知りて、其の雌を守れば、天下の谿《けい》〈谷のこと〉と為《な》る）の部分を、僕は迷わず「アニムス」と「アニマ」というユングの用語を使って口語訳をした。その方が現代人には新鮮かなと思ったからだよ。

人間がつくり上げた社会は、もう何百年も男性中心主義に傾いているよね。フェミニズム運動が起きたといっても、現代だって相変わらず男性中心社会がまかり通っているだろう。奪う、所有する、支配するというのは男性的本能だからね。

競争原理が強いほど、世の中はそちらの方に傾いて、人々の心の余裕がなくなり、優しさや情といったものが軽視されるようになる。それでは命が枯れてしまうから、育み、分け与える女性的素質のアニマを取り戻しなさいと、老子は示唆しているんだね。アニマとアニムスのバランスを取り戻すということは、「初めの自分」に戻るということと同じだよ。競争に疲れて干からびそうになった命に、谷川の水をたっぷりかけてあげなさい、そうすれば命は恢復するよと老子はいってるんだ。

こうして僕が解説すると、とても情緒的な言葉を使ってしまうけれど、視点を変えれば、老子をはじめとする、東洋の考え方に物事の本質を解くカギがあるというところに、いま科学の最先端がようやくタッチしようかという時期にきているんだね。

ウィリアム・ジェイムズの内観力

僕はね、小難しいことを並べ立てる哲学者というのは、あまり信用していないんだよ。これまで、ずいぶんとヨーロッパの心理学者や哲学者の本を読み漁《あさ》ったけれど、全部とはいわないが、どれもあまりピンと来なくてね。ピンと来ないどころか、こいつらいったい何のためにこんな学問をしているんだと、馬鹿らしくなったほどだよ。

ヘーゲルやらカントやらね、僕は少し読んだだけで、頭でっかちの頑固者だと思ったね。存在論だのなんだのってね、どんなに精密に頭で分析してみたって、そこに生きている人間への眼差しが欠けていたら、何の役にも立ちやしないよ。小理屈ばかりでさ。ウィトゲンシュタインなんてさ、言葉の限界がどうのといったって、そんなことは僕たちが今生きているライフに何の関係がある？　僕にとっては、自分の内なる情念に触れてこないような言葉をいくら綴《つづ》ったって、そんなの何の喜びにもつながらないんだ。

はっきりいってしまえばね、そういう小理屈の勝った哲学者はみんな、いくら偉そうに自説を述べても、人間の愛情というものが通ってないんだな。何でこの連中は、冷たい血で存在論を説くのだろうか、というのがまず僕の疑問だったね。

自己愛や隣人愛といった人間の根底にある愛情の前提なしに、人間の存在論というものが語れるだろうか。そうした内的な性質を語ってこその哲学だろう？　だって、生命というのは、万物に与えられた、生きようとする能力であり、生きていこうとする情念じゃないか。それなしに人間存在を語る言葉は何の感動も共感も生みださないよ。

そんななかで、僕が共感できたのが、ウィリアム・ジェイムズ（一八四二～一九一〇年）だ。西田幾多郎など日本の哲学者にもかなり影響を与えたアメリカの哲学者、心理学者だね。夏目漱石も彼には少なからず影響を受けたらしいね。漱石が彼に傾倒したのは、わかる気がするんだ。ウィリアム・ジェイムズは、人間肯定性のある哲学者だったからね。彼の探求した哲学や心理学には、ちゃんと温かい人間の血が通っている。彼の説は非常にタオイズムに近いものだと思うよ。

まず僕は彼の『宗教的経験の諸相』（一九〇二年）を読んで感心した。知識人は、とかく宗教を否定的に論じたがる傾向があるけど、そうではなく、どんな宗教であれ、最初は人間が生きる喜びを最上に表現しようとしたものだと、彼は擁護するんだな。

仏教であれ、キリスト教であれ、既成宗教の根底には等しくそういう善なるものが流れているとね。それは決して完成した形ではなく、祈りとか願いとか、見えない形としてあるものだった。ところが、人間が宗教というものを操り始めると、目に見える完成形を求めるようになる。その完成形を求めれば求めるほど、形式だけの観念や、それを象徴する寺院や教会、組織づくりに重きを置くようになって、根底にあった情念が薄れていってしまうというのだね。

そうしたさまざまな宗教的経験の光と影の諸相を雄弁に語りつつ、ウィリアム・ジェイムズは、人間の生を基礎づける善なる素質や根本的なヴィジョンを認めていこうとした哲学者だよ。冷血な学者たちが小理屈を語る世界で、こうした主張をするのは勇気がいることだと思うんだけれどね。連中はすぐ異端だ、はみだし者だと批難するからね。

人間の生命への眼差しを決して忘れないというところで見れば、彼の哲学はとても文学者に近いと思うね。

英語では、インサイト（insight）という言い方をするけどね、彼はその意味で非常にすぐれた内観力を持った人物だったと思うよ。自分の経験や観察をベースに内的な洞察を行って、人間の奥深いところにあるヴィジョンを探求したという点では、下手な文学者よりよほど文学者らしいといえるんじゃないかな。

老子の前のラジニーシ体験

ウィリアム・ジェイムズの内観力にも、僕は十分に刺激を受けたけれど、それよりずっと以前に非常にインスパイアされた宗教家がいるんだ。これはその先で出会う老子のタオ思想を予感させる出会いだったと思うね。

僕がまだ横浜国立大学にいたころ、横浜の本屋でラジニーシの『TAO　永遠の大河』（星川淳訳　一九七九年）という老子の本を見つけて何気なく買ったんだ。まだアーサー・ウェイリーの老子の英文訳に出会う前のことだよ。正直いって、その老子の解釈本を読んでもそれほどピンと来なかった。

それよりも、その本で、星川淳がほかにもバグワン・シュリ・ラジニーシ（一九三一〜九〇年）の本を訳しているということを知って、そっちの方がおもしろそうだなと思って、何冊か翻訳を読み始めたんだね。このラジニーシ体験が、僕にとってかなり強烈だったんだよ。

ラジニーシというと、一九八〇年代に、アメリカでユートピア的な自治都市を建設しようとしたカルト教集団の指導者というイメージの方が強いかもしれない。

確かに彼は、ある意味非常に危険な人物だと僕も思うよ。宗教というのは、ウィリアム・ジェイムズもいうように、理想の完成形を求めると、原型から離れて、必ず間違った方向に行ってしまうからね。

でもね、彼の講話や書いたものは、じつに示唆に富んでいた。社会常識を難なく飛び越えて、はるか大きな視点から人間を洞察する力は目を見張るものがあったし、興味深いと思ったね。日本版の翻訳では物足りなくなって、英文のラジニーシの著作も三十冊くらい読んだよ。老子もそうだったけど、僕の場合、英文の方がなぜかすんなり入ってくるんだ。

バグワン・シュリ・ラジニーシ、改名して和尚《おしょう》ラジニーシ。インドの宗教家で、古今東西のさまざまな宗教に通じて、その源流や成り立ちを語りながらも、そうした既成の宗教の弊害を強く批判した人物だよ。既成の権威というものは、全部にせもので、本来の自由なスピリットはもはやそこにはないと彼はいうんだね。

そして、そのスピリットを恢復させるには、頭でっかちの機械化された動きや、社会的条件に拘束されたマインドを解き放って、人間本来の姿に立ち戻るべきだと、彼は講話のなかで説いたんだ。

その視点は、ウィリアム・ジェイムズとも通じるし、社会化され、条件づけのなかで萎縮した自分を解放して、「初めの自分」を取り戻せという老子のタオ思想とも重なってくるだろう。

ラジニーシを読んで、僕は自分の生き方を根本から問われたような気がしてね。自分自身がいかに既成概念にとらわれていたかということに気づくんだよ。そこから出なくちゃいけないと、明確に意識したのもこのときだよ。

でも、そこから出て、いったい自分はどこへ行くのか。このときの僕は、一応大学教授という社会的地位と、二児の父という家庭の地位を持った世間的な存在だったわけだ。社会的条件づけの世界から出るということは、そういうものを捨てるということだからね。そこから飛びでてその先にどんな選択があるのか。それはまだぼんやりして見えていなかった。けれど、いつか出るだろうという確信めいた予感はあったよ。この十数年後に僕は家を出て、伊那谷に移り住むことになるんだ。

そうした意識のアンテナがあったからこそ、老子に出会えたんだろうね。ウェイリーの英文訳から、体に滲みとおるようにタオイズムの本質が理解できたのだから。

その意味では僕はまずラジニーシを入り口にして、老子のタオ思想に近づいたわけだね。偶然手に取った本……人生ではいろんなことが布石になるね。

自由な境地を愛した幸田露伴

英米の作家や学者の話ばかりしてきたから、今度は日本語圏のタオイストの話をしようか。

フォークナーの章で、彼と初めて会ったとき、直観的に幸田露伴（一八六七〜一九四七年）に似ていると思ったといったよね。フォークナーが普通の人々に接するときに見せた、威厳と優しさ。その佇《たたず》まいが露伴に重なって見えた。後から思えば、この印象はかなり正しかったと思うんだよ。

幸田露伴という作家も、大きな人間愛に根差した文人であり、思想家だよ。彼はね、人間の精神のなかのいちばん深いところにある自由な境地を愛したんだよ。天性の、途方もなくでかいイマジネーションを使ってね。僕は、露伴はフォークナーと同じサイズの、グレートな作家だと思っているよ。

ただね、ロレンスやフォークナーのときもそうであったように、やはり、僕がこの作家の偉大さに気づくまでには時間がかかったんだよ。

露伴は、江戸下谷生まれで、僕と同じように神田で育ったんだ。慶応三年の生まれだから、江戸の最後の年だよ。もちろん僕なんかよりいい家柄に生まれたんだが、この幸田家というのが、素晴らしく能力のある一家でね。いちばん上の兄貴は有名な実業家で、次兄は海軍大尉となって千島《ちしま》まで行くほどの探検家だよ。下の妹二人はピアニストとバイオリニストという音楽家で、弟は歴史学者で東京商科大学（現・一橋大学）の教授というから、まさに粒ぞろいだよ。露伴はそのうちの一人で、彼は大変な文才を発揮したということだね。だからね、露伴の娘の幸田文《あや》が文章で才を見せたり、その娘（青木玉）が随筆家になって、またその娘（青木奈緒）がドイツ文学をやるなんていうのは、みんなこの家系の筋なんだ。

幸田露伴の書いたものは、子供のころから僕の目に触れていたんだよ。というのも、僕が生まれた神田界隈《かいわい》、本所とか深川といった下町には、そこから出た文人の読み物が、あちこちに置いてあって、自然に目に触れるような環境だったからね。だからね、芥川龍《あくたがわ》之介や漱石、谷崎潤一郎、堀辰雄といった下町生まれの作家の本は、子供のころからよく読んでいたんだ。
でもね、露伴の本も転がっていたけど、ちょっと読んで音《ね》を上げてね。ああいう漢文調、文語調の文体というのは、とっつきにくいし、やっぱり子供には難しかったんだね。子供というのは、一度難しいと思ったら、すぐ放《ほう》りだしてしまうからね。

露伴の作品に流れる優しい下町のリズム

ところがね、三十代、四十代になって、ある日突然、露伴の文章が理解できるようになったんだよ。あれほどとっつきにくくて難しいと思っていた漢文調の文章が、すんなりとリズムをもって頭のなかに入ってくるんだな。自分でもびっくりするくらい、すらすら読める。しかも、これがじつにおもしろいんだ。

考えてみるとね、このころの僕というのは、ある程度翻訳もこなして、英文を読むのに何の苦労も感じなくなってきたころなんだな。そこに意味があったんだ。英文と漢文とは文法構造が同じなんだよ。文法構造が同じものをよく読んで理解できるようになると、言語が違っても、わりあいと楽に内容が理解できるようになるんだね。

おもしろいことだね。僕が幸田露伴と出会った経緯は、老子との出会い方と非常によく似ているね。漢文で書かれている老子の本質を僕は英文訳からつかんだ。それと同じように、露伴の漢文調の文章も英文をベースに理解したわけだからね。

露伴の初期の小説、たとえば『風流仏』（一八八九年）とか、『五重塔』（一八九一～九二年）とか、最初は文語調で読みにくかったのが、とても素直に入ってくるんだよ。露伴論などではあまりいわれないけれど、まず僕が惹かれたのは、露伴の文体が醸しだす下町のリズムなんだ。

最初に読み始めたのが随筆なんだが、露伴は随筆をしゃべり言葉で書いているんだね。その東京のしゃべり言葉の持っている下町風のリズムがじつに心地いいんだよ。東京人の持っている優しい心持ちが素直に出ている文章でね。

露伴は、自分が育ってきた下町の言葉のリズムを、ずっと持っていて決して手放さなかった人だね。

彼は膨大な外国の文献を読み、漢籍を読みこなし、中国の詩も自在に読んだ作家だよ。

でもね、そうした文献から調べたことを文章で書くときは、ちゃんと自分のリズムで表現するんだ。もうそれは資料ではなく、そこから感じ取ったものを書いているから、自分の言葉のリズムが出てくるんだね。だからね、小説以外の評伝や随筆の格調高い文章を読んでいても、どこか優しいリズムが感じられて、僕は非常に近しい気持ちになれるのさ。

川端康成は、大阪生まれで、子供時代から関西弁に相当馴染んでいたはずなのに、作品にはほとんど関西弁は使わなかったよね。独特の標準語の文章ばかりだろ。それはね、川端の作品にいいものがあることは僕も認めますよ。でも、僕にとっちゃ、何だか、その標準語的な文章が嘘《うそ》っぽいんだよ。露伴のように自然に出てくるんじゃなくて、どこか気取りがあるような気がしてね。

その点、谷崎潤一郎は東京から関西に移って、じつにおもしろい物語をつくった作家だね。『細雪《ささめゆき》』とか『春琴抄《しゅんきんしょう》』とか、いい作品はみんな関西に行ってから書いている。でもね、彼の書く関西言葉には、どこか東京の下町調があるんだよ。『卍《まんじ》』なんて、女の関西言葉だけでつくった作品だけどね、本物の関西弁だったら、あのおもしろさは出ないよ。どこか我々関東人に親しみがあって、わかりやすい関西弁なんだね。

言葉の響きやリズムというものを中心に考えてみると、その作家の本質が非常によくわかってくるものだよ。だって、それぞれの土地の言葉やリズムは、そこで育った人間の根っこの部分に、非常に影響を与えるものだろう。

露伴は、そういう自分の根っこにあるリズムを大事にしたんだよ。後期の作品「幻談」や「観画談」に見られる、リズミカルで、それでいて奥深い語り調は、名人芸だと斉藤茂吉にも絶賛されたね。

一人で趣味の釣りに出かけたときに、母を亡くしたばかりの少年と出会う「蘆声」の話などは本当に素晴らしいよ。

自分がいつも釣り場にしているところに、その少年がちょこんと座っている。その釣り場を巡って一悶着《ひともんちゃく》あって、最初は小憎らしい小僧だと思っていたのが、だんだん二人で釣りをするうちに心を通いあわせていく描写が何ともいえず温かくて、切ないんだ。釣りは遊びでしているんじゃない、おっ母さんに晩飯に気の利いた魚でも釣ってこいと言いつけられたのだと、口をとがらす少年に、露伴らしき語り手は少年の背景を敏感に悟るんだね。それは本当のおっ母《か》さんじゃないねと尋ねたときの、少年の吃驚《きつきよう》して無言になる様子など、ことさら情を煽《あお》るようには書いていないが、胸がギュッとするいいシーンだよ。

露伴の作品は、後期になると、小説ともエッセイともフィクションともつかないような作品が多くなるんだけどね、彼にとってはそんな枠や形式などどうでもよかったんじゃないかね。形式にとらわれず、もっと大きな視点で人間の奥深いものに触れたいと、内実の豊かさだけを見ていたんじゃないかと思うよ。

こうした少年との交流の話とか、少年時代の下町の人間の話とか、あるいはちょっと非日常的で、摩訶《まか》不思議な雰囲気を持つ話でも、露伴の作品は、自分の生まれた下町のリズムが基調になって、どこか大きな優しさや温かさに包まれているんだね。

儒教倫理を超えた露伴の人間愛

ただ、僕は最初から、もろ手を挙げて露伴の信奉者になったというわけでもなかったんだ。露伴は、非常に教養が広い人であったけれど、彼の思想の根本は儒教思想だからね。それだから、儒教と対立した道教についても、彼は非常に長い文章を書いているんだね。それは老子の思想そのものに触れるというよりも、老子が出た後、千年も経ってから、仏教に対抗する形で出てきた道教の思想を、じつに詳しく長い文章で露伴は書いているんだ。

正直いえば、僕はそれを読んでもあまり心に響かなかったし、おもしろいとも思わなかったんだね。『老子道徳経』に関しても、露伴はあまり興味を示さなかったしね。そういうものを読んで、やはり露伴は儒教倫理の人なのかと、思っていたんだよ。

だからね、露伴という人は、一見すると、世間の常識や社会的な態度をしっかりと踏まえて、決してそこから逸脱しようとしないという、儒教的な生き方を選んでいるように見えていた。しかしね、それは単なる外側の見え方だったんだね。露伴の本質がじつは違うところにあるというのは、戦争が始まってから、明らかになる。

彼は決して軍部に協力するような言動はしなかったんだ。それどころかあの時代にあって、戦争は好ましいものではないという考え方を示したんだよ。儒教倫理からではなく、もっと大きな人間愛という観点から、彼は戦争を批判するんだね。まあ、それほどラディカルにではないけど、静かに、しかし毅然《きぜん》と自分の態度は崩さなかった。

僕には、そんな露伴がとても意外だったよ。だって、露伴なんて一見すると、古風だし、国家神道やら国体思想やらに協力しそうな人物に思われたからね。その当時儒教学者といえば、みんなこぞって軍部に協力するような連中ばかりだったんだよ。それがまったくそうではなく、むしろそういうものから距離を置こうという姿勢を取っていたのだからね。

そういう点でも、露伴は、単なる儒教学者じゃなかったの。

あの人はほんとに大きかったんだな。

そういうところに僕は、彼の人間としての威厳を感じるんだよ。そして、その威厳には下町育ちということが深く関係しているように思うんだ。下町の人間というのは、闇雲《やみくも》に権威には沿わないという性質を、しっかり持っているからね。

そういう意味では、夏目漱石も同じだね。漱石も、決して権威には、単純には頭を下げないという気質を持っていたからね。

それに比べて、森鷗外《おうがい》をごらんよ。鷗外ときたら、もう権威丸だしだよ。あのヘミングウェイとよく似ているな。最後の最後まで、権威だの名誉だのに、かじりついていたからね。まあ、死ぬときになってようやく、自分の称号や陸軍中将だか何だかの肩書を、墓につけないでいいって言ったけど、ということは逆に、その称号やら何やらで着飾ってた生涯なんだよ。それ一つ見ても、人間性というのがよくわかるね。

セルフコントロールのないところに自由はない

そういう露伴の大きな気質を知った僕は、もう迷いなく何年もの間、この作家の深い流れのなかに入りこんでしまったんだよ。その圧倒的な人間力といったものに、押し流されていたといってもいいね。そのなかで改めて露伴の大きさを知るのだけれどね。

確かに露伴は、孔子的な儒教思想を根本に持ってはいる。ところがほかの日本の儒教学者と違って、はるかに自由で大きな解釈をしている人なんだね。だから日本の儒教という枠組みから考えたら大間違いなんだよ。その観点は、天とか、運命とか、個人のなかにある奥深い魂であるとか、それこそタオイズムに近い精神を持っていた人物なんだね。

そのことは彼の作品に没頭し始めて、すぐに気がついたよ。露伴は、上野の帝国図書館にある重要な漢籍はすべて読み尽くしたほどの博覧強記の作家で、小説や随筆のほか、史伝としてさまざまな武将伝も書いているんだけれどね。

露伴の武将伝は、同じ人物を扱っていても、ほかの作家とはまったく視点が違うんだよ。露伴の書いた、その武将のいちばん大切なものは何かというとね、強さじゃないんだ。威厳、英語でいえばintegrityだね、そうした人間の持っている心の態度というものを、彼は大切にしたんだよ。十三歳で織田信長のもとに人質として送られ、その後寵臣《ちょうしん》となった『蒲生氏郷《がもううじさと》』などは、とくにそうした人間の機微がどう現れるかが、深く仔細《しさい》に書かれていて、非常に熱中して読んだものだよ。蒲生氏郷については、歴史小説などでほかにいろいろ書かれているけれどね、僕は露伴のものがいちばんだと思うな。

人としての威厳を保つということは、自分というものをちゃんとコントロールできているということだろう。欲望に簡単に押し流される人間には、威厳などないからね。威厳はね、自己コントロールできる心の態度だよ。露伴が書いた伝記では、それが武将の器を測るもっとも重要なベースになっているんだね。

露伴はよく知っていたんだよ。セルフコントロールのないところに自由はない。欲望をコントロールできてこそ、自由精神を得られるということをね。彼が、ほかの儒教学者のように簡単に軍部になびかなかったのも、人としての尊厳や自由精神をもっとも大事にしたからだろうね。

人間の精神のなかのいちばん深いところには、自由な境地があってね。その自由な境地というものを露伴は尊敬したんだな。その意味で、露伴は間違いなくタオイストだったと、僕は思っているよ。

露伴とフォークナーに流れるタオの精神

あるとき僕は気づいたんだ。

そうして露伴を読みこんでみるとね、読むほどにフォークナーとの共通点が出てくるんだよ。僕はフォークナーのすぐれた才能として、善悪や明暗といった対照的な人物や事象を一つの作品のなかに織りこむバランス能力を挙げたね。そしてその作品自体も、「ヨクナパトーファ・サーガ」の連環として、大きな歴史の流れを語る叙事詩のファクターになっているわけだね。

こうした創作態度は、露伴とも共通するんだよ。露伴の作品も、非常に対照的な武将や人物が登場して、明と暗、陰と陽の光と影を書き分けているんだよ。そして、その双方が互いに補完しあう人間の機微というものを、じつに詳細に描いて、それがグレートな作品世界をつくっているんだね。

たとえば、後期の代表作『連環記』における、慶滋保胤《かものやすたね》と大江定基《おおえのさだもと》なども、二つの人生の明暗を作品に映しだした露伴の傑作だね。あるいは、永楽帝に追われ、流浪の身となった明《みん》の建文帝を描いた壮大な歴史小説『運命』も、二人の対照的な生涯を、陰影を持って書き分けているね。

さらにね、フォークナーが「ヨクナパトーファ・サーガ」で多用した、別作品に同じ人物が登場する「人物再登場」という手法も、露伴はすでに使っているんだよ。

そしてね、この二人の文豪の何よりも重要な共通点を僕は発見したんだ。タオイズムにつながる威厳と優しさだよ。フォークナーは、それを黒人の乳母のにおいの記憶のなかで育み、露伴は自分が育った下町に流れる人間の情愛や自由さに、それを求めたんだよ。露伴の文章にはつねに下町の持つリズムが流れているというのは、そういうことなんだ。

人間が、豊かさや活力をどこから得るのかということを、両者ともその偉大な想像力と洞察力で、直観していたんだろうと思うな。「初めの自分」が育まれたときに、感じたにおい、リズム、満ち足りた記憶——そういうものが創造の原点になるということが、二人ともわかっていたんだよ。

だから、露伴もフォークナーも、難解だ、とっつきにくいといわれながらも、決して観念に流れることなく、人間の奥深いところを見つめようという創作態度を崩さなかったんだね。その意味で露伴とフォークナーは、見事に同じサイズの作家なんだ。

もうずいぶん昔になるけど、中央公論社の『幸田露伴』（全三巻）を編んだ塩谷賛という、幸田露伴研究家でもある編集者が、露伴の亡くなった家に住んでいてね、そこで彼を中心として露伴会というのが行われていたんだよ。そこに僕も誘われて、何度か出たことがあるの。そのうちの一回は、みんなに頼まれて、露伴とフォークナーというテーマで話したこともあるんだ。そこでもね、この両者は、イマジネーションの大きさと作品に通底する人間愛というところで非常に似ているという話をしたのを覚えているよ。

僕はこの二人の作家に非常に興味を持って熱中したわけだけど、老子のタオイズムを知って、一瞬でこの二人をつなぐ糸が見えたんだね。でかいイマジネーションとバランス感覚、そして根底に流れる温かさや情念は、タオの精神そのものだからね。

この二人の作家の奥の深さをまだ知らないときに、僕はフォークナーと出会って、ああ、露伴に似ているなと直観で思った。それはきっと、僕の無意識の奥深いところで「初めの自分」が感応したんだろうな。

自分が生きていくうえでとても大事なことに触れたとき、「初めの自分」が共振するんだろうね。その声を聴き逃さなくてよかったよ。

伊那谷の自然に囲まれて老子の声を聴いているとね、そういう運命にも似た大きな力の存在を感じるよ。

終章　タオの山脈の連なる解放区へ

タオイストたちとの深いつながり

ずいぶんたくさん話してしまったよ。

僕の文学的な体験やスピリチュアルな遍歴を、老子のタオイズムに結びつけて語ることは、いままであまりなかったからね。僕自身話しながら、ああそうだったのかと気がついたことがたくさんあるよ。

こうしてタオイストの山脈を振り返るとね、すべての山が僕自身の深いところにあるものとつながっていることに、改めて驚かされるね。

幸田露伴の基調に流れる下町のリズムは、僕が育った神田界隈でいつも身近にあったものだし、僕の根っこにも流れているものだよ。まだ東京に土があって、雨ともなると路地の道が泥んこになって、水たまりがあちこちにできていたような時代だよ。虫だのカエルだのがそこらじゅうにいてさ。風の強い日は、土埃《つちぼこり》が枯葉と一緒になってもうもうと舞い上がっていたね。

露伴の項でも話したけれど、僕の家は東京の商家で、番頭さんや小僧さんもいたし、僕の兄弟姉妹は十一人いて、祖母も健在だったから、そりゃ大家族だったんだ。僕は十人目の子供だったから、家族の誰も僕の面倒なんか見られやしないよ。それでさっき話した小僧さんが世話してくれて、親以上の親密な関係になったんだよ。

だから母親の思い出は薄いんだけどね。でも、何にもうるさいことはいわれずにほっておいてくれたことは、かえって僕にはよかったよ。神田の町なかではあったけれど、子供が遊べる空き地がいくつもあったからね。そこで泥んこになって、体いっぱい遊んで少年期を終えられた。それだから、僕は、あの生まれたときの喜びを、「初めの自分」というものを、あまり減らさずに済んだわけだよ。

そうした「初めの自分」が消えることなく僕のなかで息づいていたからこそ、老子との出会いがあり、同じ資質を感じるロレンスやフォークナー、露伴たちとも出会えたんだろうね。

すべて英文の通路を辿《たど》って

しかもその通路が、すべて英文からの道筋を辿って行き着いている、というのが自分でもおもしろい経験だったなと思うよ。

違う言語から辿ってみると、その本質が見えてくるということがあるんだよ。露伴の格調高い漢文調の文章を、僕は同じ文法構造の英文に慣れることで、たやすく理解できるようになったしね。ラジニーシだって、英文で読んでみて深く理解し、既成社会から出ていく心の準備をもらったわけだ。コツコツとやっていたことが、思わぬ人生の通路を開いてくれることもあるんだね。

もちろん、僕の人生での最大の出会いは、英文老子だよ。ウェイリーの英文老子に衝撃を受けてから、長いこと世間の暮らしのなかで眠っていた「初めの自分」がざわつき始めたんだからね。

英文老子をね、日本語の口語体に直しているときも、言葉の持つ新鮮さに僕自身が驚いているんだよ。老子の声を体で聴いて、正直に自分の直観で話し言葉に置き換えていくときにね、老子の本質が流れるように僕の体のなかに入りこんでくるんだ。あんなスピリチュアルな翻訳体験は初めてだったよ。

そしてね、そんな体験の後、僕のなかで化学反応が起こり始めたんだ。英文を軸にして僕の体のなかに入ってきた老子が、それまで僕が読んできた文学や思想、翻訳してきた作家たちのマインドと、歯車のようにかみあい始めたんだよ。僕が感動したり、惹きつけられたりした部分が、どんどんタオの世界と重なっていくんだ。これは、わくわくするような発見であり、喜びだったよ。

それは、ときに露伴の持つ下町のリズムだったり、ときにフォークナーのコクナパトーファ・サーガに見られるグレートなバランス感覚だったり、ときにロレンスの既成社会から飛びだそうとする自由精神だったり、あるいは、マーク・トウェインの作品に感じた人間に対する励ましや希望だったりしたんだ。

エドガー・アラン・ポーのことには触れなかったけど、彼の詩も僕はけっこう訳しているんだよ。

ポーは都市の文学だけどね。タオイズムは田舎や自然のなかだけに感じられるものじゃないよ。そこに人間が存在すれば、タオのエナジーは存在するのだからね。ポーは、都市の闇に文学の眼差しを向け、人間の死の恐怖や負の感情を描いた作家だよ。

死と生はつねに隣りあわせにあるものだからね。「恐怖」があるから「喜び」がある。「ない」があるから「ある」がある。「死」があるからまた「生」もあるんだ。生きるということの喜びも恐怖も、そして死と生も、一つの大きなサイクルとして回っているんだね。これはとても深いネイチャーな感覚だよ。

ポーも、人間の負の側面に創作の情熱を見いだしながら、そんな深淵《しんえん》を覗《のぞ》きこんだ作家の一人だったと僕は思うよ。

今回のこの本もそうだけど、老子のタオ思想を知ってから、僕の辿ってきた文学の道を振り返ると、すとんと腑《ふ》に落ちることばかりなんだよ。なぜ僕はこの作家が好きなんだろう、何度も繰り返し読んでしまうのだろう。そんな疑問や謎がするすると解けていくのだからね。逆にね、この作家はどうにも好きになれない、苦手だと思った理由も、タオを知ることで納得がいったんだよ。

「初めの自分」の直観は、正しいね。

　今になって気づくよ。フォークナーやロレンス、露伴を麓《ふもと》として築かれたタオイストの山脈は、僕のなかの「初めの自分」をどんどん活性化させてくれていたんだ。老子に出会う前、まだ僕が社会化された世間的な存在として、せっせと仕事をしていたときにもね。ロレンスのように社会を敵に回し、ラディカルに火花を散らしはしなかったけれど、子供のころに蓄えた「初めの自分」の自由精神は、衰えることなく僕のなかにあったんだ。

僕の愛したノーブルな女性たち

　英米の文豪も、そして日本のグレートな文豪も、僕の人生に本当に豊かな遺産を残してくれたと思う。その脈々としたタオのつながりを見ると、彼らからもらった活力は計り知れないものだよ。彼らの深く大きな世界に入りこむと、僕はたちまち少年時代の自由な自分に帰れたからね。

　しかしね、僕のなかの「初めの自分」を動かしたのは、彼らだけじゃないよ。一人の男として女性を愛したことも、大きな活力になったんだ。彼女たちは、そのクレバーな才能で僕の想像力や知的好奇心を限りなく広げてくれたし、優しさと安らぎを与えてくれた存在だった。じゃあ、僕のタオイストの山脈に連なる彼女たちの話も少ししようか。

僕の人生にそんな恵みをくれた女性が二人いるんだ。一人は、僕がまだ二十代のころ出会った女性でね。「荒地」の仲間たちとも親しかった最所フミさんという女性だ。そしてもう一人は僕の人生の後半をともに支えあった最高の友であり、愛する人でもあったドイツ人の医師アムだよ。

二人とも、本当に知性の高い、そしてノーブル（noble）なマインドを持った女性だったよ。知性が高い女性はたくさんいるけど、彼女たちは、利害や損得といったものを超えた大きなマインドを持っている人だったね。

僕なんかね、商人のうちの生まれだから、どうしても下賤《げせん》なものや俗的なマインドが回ってしまうだろ。でも、この二人に会っていたときは、そんなマインドは飛び越えちゃうんだよ。英語でnobleというのはね、位が高いという意味じゃないよ。人間としての意識の高さを意味するんだ。

だからね、僕は彼女たちを心から愛したけれど、その高い心の態度に、非常に尊敬の念も持っていたんだ。

最所フミさんとのつきあいは、まだ僕が「荒地」の仲間たらと、現代詩の活動をしているころだ。

彼女は一九〇八年生まれだから、僕より一回り以上年上で、「荒地」の仲間の姉さん的存在だったんだ。フミさんは、津田英学塾（現・津田塾大学）を出て、ミシガン大学に七年間留学して、勉強もしていたから、知性も語学力もすごかったね。英語なんて日本人離れしていたし、僕なんてはるかに及ばなかった。そのころ僕は、雄鶏社という小さな出版社の仕事をしていてね、彼女にコラムを頼みに行って親しくなったんだよ。

彼女はね、僕なんかよりずっと上の階層の娘で、お嬢さん育ちであったけれど、そのぶん経済面ではとんとダメな人でね。あるとき彼女の住んでいる五反田のアパートに行って、僕は仰天したんだよ。狭い一間のアパートに寝台一つきりでね。寝台に上がるまで靴を履いているという生活だったから、畳の部分は真っ黒で、物も置けない。

常識からいっても、本当にひどい有様でね。女性が一人でこんなところにと、僕は大変かわいそうだと思って、大岡山に小さな家を建てて、一緒に暮らし始めたんだ。家を建てるお金は、僕はなけなしの金をはたいて、残りの半分は、彼女が懇意にしていた出版社から借金してさ。僕も翻訳の仕事を必死に頑張って、何とかお金を工面して、大工を連れてきて建てたんだよな。

しばらくそこで一緒に暮らして、その家から僕はアメリカに留学したんだ。こんな話は、どうでもいいんだけど、家の権利はすべて彼女にあげてね。

アメリカから帰ってきたときに、僕は細君と知りあってね。ところが、フミさんは僕がアメリカから帰ったら自分のところに帰ってくるものと思っていたんだ。もっと僕と一緒にやっていきたいという気持ちは痛いほどわかって、気持ちは揺れたよ。そんなとき細君が、僕の子供ができたと言ったの。それを知って、僕はフミさんのもとから出たんだ。このとき、彼女は僕のことをどれだけ冷たい人間かと思っただろうね。

それから三、四年して電話してみると、フミさんが「今、有名な詩人と一緒にいるのよ」と言っていたんだよ。それが詩人の鮎川信夫だったんだけどね。

でも僕がその詩人の名前を知ったのは、二十年も三十年も後の話だよ。フミさんと暮らしていた大岡山の家に、北村太郎や鮎川信夫が、ピンポンか何かをやりによく遊びにきていたんだよ。僕のところに来たんだけど、フミさんとも親しくしていたんだな。でも、鮎川とフミさんの関係はずっと知らなかった。

鮎川が突然亡くなって、その葬式に行った北村が、そこにフミさんがいるのを見て、びっくりして僕に知らせてきたんだ。「きみ、鮎川の葬式で誰に会ったと思う？」と言ってな。フミさん本人に北村が尋ねたら、奥さんになったと言ってたって。もう僕ら二人ともびっくりしちゃってさ。鮎川は、僕ら二人にはフミさんのことを、ひたすら秘密にしていたんだよ。

でも、本音をいえば、僕はある意味ほっとしたんだよ。秘密にしていた鮎川を憎む気持ちなんか、まったく起きなかったしね。むしろ、鮎川がフミさんの気持ちを救ってくれたことを、ありがたいと思ったんだ。

そんなエピソードは、僕の人生のなかには数知れずあるんだよ。

彼女はタオの源泉だった

ドイツ人の医師アムの話はね、フミさんのようにはまだ話せないんだ。それほどに僕の最高の友で、人生をともに生きてほしい女性だった。

知性があって、優しくて、ノーブルな人だった。彼女と語りあって過ごしていると、僕はいとも簡単に「初めの自分」に戻れたし、どんな時間も喜びに満ちていたと思うよ。この十年来、いつも彼女は、その温かいハートと深い知性で僕を励ましてくれたんだ。しかしね、彼女は先に逝《い》ってしまったんだ。一昨年のことだよ。その前の年から急に病み始めて、その半年後に帰らぬ人となった。

それからの僕は、あまりに深い自分の悲しみから逃げることばかり考えていてね。何を見ても喜べないし、何を食べても味気ない。そんな日々がどれほど続いたろうかね。

去年、姜尚中《カンサンジュン》さんが僕の山小屋を訪ねてこられてね。庭の片隅にある彼女の墓に、手を合わせて、「こういうのもいいね」と優しく言ってくれたんだよ。それから二人で彼女とよく歩いた森の散歩道を歩いたんだ。僕はね、彼女との思い出がつらくて、ずっとその小道を歩けないでいたんだよ。でも、散歩道の終点の大木のあるところまで歩いたよ。姜さんと話しながら、ゆっくりとね。

八十を過ぎて、受け入れる、求めない生活をし始めたのに、人間にはどうにも受け入れがたいことがあるんだね。ときおり、心事の波立ちはあるけれど、そんな自分を受け入れなくては、活力は得られないからね。

それに、アムはね、いなくなっても、僕に命の優しさを教えてくれているよ。僕のタオの源泉だった女性だもの。その大きな遺産で僕は十分に生きられる。

自由を求めて「解放区」へ

一緒になった細君とは、二児を授かって数十年ずっと暮らしたよ。仕事もして、翻訳もして、家にお金を入れてね、普通の結婚生活をしたんだ。その間、フォークナーの翻訳の仕事で根を詰めすぎて、胃潰瘍《いかいよう》をやったり、おっきな病気して大変だった時期もあるよ。

「初めの自分」だって、赤ん坊から大人になれば、自分で餌《えさ》を取るために競争のなかで戦う時期があるんだよ。生き残るためにね。それが大自然の法則というものだよ。家族がいればなおさらそうなるね。

だからね、このときの僕は自由精神というものを心の奥深くにしまって、社会的スタンスでひたすら仕事に励んだんだ。マーク・トウェインは、ジェントルな生活をしながら、創作活動で自分を解放したけど、僕の場合は、フォークナーの翻訳や、ロレンス、露伴の本を読むことで、自分の心に谷川の水を注いでいたのさ。

しかしね、そういう状態をずっと維持しつづけて、もう自分自身を解放しようという気持ちがはっきりとついたときに、僕は妻にその気持ちを打ち明けたんだ。子供ももう大きくなって、心配が要らなくなったから、僕は自由にしたいといってね。長いこと考えてきたことだからね。僕の細君はね、決して悪い人じゃないんだ。彼女がどうという意味ではなく、僕自身のマインドの問題で決心を固めたんだよ。

細君の了解を得て、僕はこの伊那谷の解放区へと移ったんだ。老子を抱きかかえてね。そしてね、静かに暮らしながら、少しずつ「始まり」の自由を取り戻しつつある。だけど、もう二十年もこの小屋に住んだけれど、喜びに満ちている日もあれば、曇っている日もあるよ。こんなに老子を抱きかかえていてもさ、まだまだタオイストの道は遠いよ。

＊

静かな喜び

無為とは何もしないことじゃなくて
していることだけを喜ぶことだ。
結果を恐れず
先への思いをすてて
今の喜びにあることさ。
それがあのタオの静かさにつながり

世界の平和につながる唯一の道《みち》なんだ。

実際、ほかにどんな道があると思う？


（第三十七章より）

【爲政】道常無爲而無不爲侯王若能守萬物將自化化而欲作吾將鎭之以無名之樸無名之樸夫亦將無欲不欲以靜天下將自定

＊

そう、タオの働きが弱くなりそうなときは、老子のいうとおり、ほかにどんな道があるかと、僕も自分に呟《つぶや》くんだ。

僕にはね、振り返れば、タオのおっぱいをたっぷりと蓄えた山脈が見えるんだもの。フォークナーの山も見える。露伴の山も見える。フミさんとアムの山も見えるよ。

その山々が言っているのが聴こえるよ。

おっぱいは好きなだけ吸うがいいってね。

加島祥造という人

姜尚中

私は以前、加島祥造さんに対して、ベストセラーとなった『求めない』をお書きになったり、タオを唱道されていることもあり、都会から離れた長野の伊那谷に住む隠遁者、つまりステレオタイプな世捨て人のようなイメージを持っていました。

しかし伊那谷に二度訪れ、東京でもお会いし、加島さんと話す機会を重ねると、そんな彼へのイメージは変化しました。

最初に伊那谷に伺った際に、まだ雪の残る信州の山を庭から眺めながら、彼が愛した、ドイツ人医師のアムさんの遺骨が散骨された現場を見ると、私の胸に何かしみ入るものがあったのです。ただ同時に、加島さんの背後にある、彼が切り捨ててきた家族、あるいは縁者といった方々の悲しみにも思い至り、加島さんの身勝手さも感じました。それでもなお、彼のなかには変わらないものがあるように思えました。それが何かと問われれば、彼の言葉の節々にも表れている、tenderness——優しさだと思います。

では、彼のtendernessがどこから来ているのか。私は、加島さんの生い立ちの中で、戦争体験がとても大きな意味を持っていると思っています。戦争体験を通じて、彼は人間の根幹にある何かを感じ取ったのではないでしょうか。例えばその何かの一つは、自由のかけがえのない大切さであり、自由が扼殺《やくさつ》されたとき、人間も生きながら扼殺されるに等しいことを自らの痛切な体験を通じて学んだのだと思います。

加島さんは、軍隊生活によって自由を奪われました。その状況から逃れるために自分で自分を傷つけるといった行為もしています。彼にとっては自由を奪われるということが、それほどまでにすさまじい体験であった。それが戦後、欧米の文明や文化、さらには英文学の中にある自由への注視の動機づけとなり、英文学者になるバネにもなった。そして後々、タオ的な自由への目覚めにつながることにもなったのだと考えています。

戦後、加島さんは、「荒地」の同人となります。「荒地」には、鮎川信夫や田村隆一といった綺羅星《きらぼし》のような天才たちがいました。加島さんはその中でさほど目立った存在ではなかった。それでも彼は何かを摑《つか》もうともがいていたのでしょう。

加島さんは、私に、加島さんが若いころに天才だと思っていた人間たちも、八十歳を過ぎてみると、彼らも幼かったと思えるし、人生を重ねることで、そのような認識を得ることが可能になったと教えてくれました。おそらく加島さんは自分のことを一度も天才だとは思えなかったのでしょう。きっと加島さんも若いときには彼なりのコンプレックスを抱えていたのだと思います。

そういう複雑な思いを抱えながら、T・S・エリオットやD・H・ロレンスなどに傾倒していくわけですが、戦争体験の反動も加わったことで、加島さんは、欧米フェティシズムとでも呼べるような状態に陥ったのではないかと思うのです。つまり、それまでの自分が受容してきた日本や東洋の文明や文化、思想や文学は、欧米のそれらと比較して、ずっと劣っているのではないかという思いが強まったのでしょう。その結果、欧米の文化を無批判に優れたものとして受け入れていた時期があったのではないかと思います。

しかし、彼のそういった迂回――英文学のなかにある自由にどっぷり浸かり、それがどのようなものかと吟味し確認した上で、自分が元来抱えている自由への思いを再検討した結果が、加島さんならではの老子理解、また自由や自然に対する考え方を強化することに結びつく流れとなったのです。同時に、彼が横文字、つまり英語を通じて東洋思想を受容し、理解を試み、改めて考え、回帰していった事実もまた、とてもユニークであり、土着的な東洋思想とは一線を画する彼のあり方をつくり上げる大きな要因になったのでしょう。

今回この本を読んで、まず感銘を受けたのは、加島さんのロレンス解釈でした。加島さんはロレンスに、古い道徳観や社会体制から逃れ、大地に根差した自然の生命力を尊び、人間社会にもその復活を目指そうとする自由な闊達《かったつ》さを見いだしています。反対に、若いころに傾倒していたエリオットには、読み込んでいくうちに、頭でっかちな教養、古い伝統や形式を重んじる不自由さを感じていくようになります。

また加島さんは、フォークナーとヘミングウェイにも同じような対照的な見方をしています。彼は、フォークナーには母性的な大きな人間愛を感じたが、ヘミングウェイには男性的な力への信奉しか感じられなかった。このような作家に対する眼差しには、彼の物事の捉え方の大きな特徴が現れています。

加島さんは、フォークリーが黒人の乳母に育てられ、彼女の心の通った育て方があったが故に、彼の人間への温かい眼差し、思いが生まれたのではないかと論じています。加島さん自身も同じような経験を持っていて、商家に生まれ、小さなころは「小僧さん」に世話してもらうことが多かったと書いています。そしてその寛大さのなかで伸び伸び育ったことが、加島さんに温かな経験として息づいている。母性的な愛情をもって迎え入れられるという経験が、優しさや柔らかさへの敏感さを生み、産む母と生命力こそが人間の、そして自然の本質であるという認識を育み、それらを受け入れる素地となったのでしょう。

そういった女性原理的な感性が、加島さんのなかに醱酵していたのだと思います。やがて、傾倒していた欧米の思想や文化の中心に根付く男性原理的な力の信仰に強い違和感を持つようになり、加島さんは、自分のなかにある自由や自然、ありのままの自分を率直に肯定するタオ的な生き方に傾いていった。そしてフォークナーの作品とその人柄を通じて、アメリカ南部の虐げられた人々からたっぷりとおっぱいを吸わせてもらって育ったフォークナーのなかの母性的で豊かな tenderness を汲み取っていったのでしょう。それが加島さんのなかにある自然や自由とも通底した。そして自然であり、自由であり、ということを捉え直したとき、加島さんにとっては、社会的な権威や規範とは別の、人間が本来持っていた自然や自由というものを求めていくといった本然の流れにつながっていったと思うのです。

その後、加島さんは、英語訳のタオに触れ、それを独自な形で日本語に翻訳していきます。彼は英米文学であれ、老子であれ、そこから見いだした人間が持っていた本来の自然に近づこうと、実践して生き抜こうとした。そして妻との関係も、親子関係も断ち切り、伊那谷に居を移し、自然と共にあり、思索をするだけでなく、アムという女性と出会い、年齢を重ねてもロレンスの作品のように、自然と自由を感じ、男女の愛に生きようとされました。

これは客観的に見ればひどい話です。それでもあえて彼はその道を選んだ。そこには、私が最初に彼に抱いた枯淡的なイメージとはまったく異なる、強い意志を持った人がいました。そんな彼に、私は敬服すべき何かを垣間見てしまうのです。また、九十歳代になってもなお、依然として加島さんには色気といったものが抜けていない気がします。つまりそれは、彼の生から発するエネルギーの強さの現れだと思うのです。

この本を読んで、加島さんが私淑《ししゅく》しているロレンス、フォークナー、マーク・トウェイン、幸田露伴といったグレートノベリストたちの鑑識眼には、私も改めて好意を持ちました。ロレンスの「蚊」という詩が本書には掲載されていますが、ロレンスの蚊への眼差しは、まさに自分とフラットな存在として蚊を捉えていて、そこには tenderness が感じられます。

その詩を翻訳した加島さんにも同様な思いを見ることができるのですが、加島さんはその思いを文学の解釈に限ることなく、世界を見立てていくときにも一貫して持っています。ただ、加島さんも tenderness だけで自分の世界をつくり上げるような状況を達成したわけではありません。彼は今でもそうありたいと願いながら生きているのだと思います。ですから、『求めない』という本に書かれていたのは、達観した人間による説教じみた言葉ではなく、彼が求めている世界に辿り着くための思索の見取り図のようなものだと考えた方がよいのではないでしょうか。

その加島祥造という人間の背骨になっているのが、英米文学です。本書を読み進めるうちに彼が一貫して追い求めてきた思想の潮流がどのようなものなのかがわかってくるでしょう。それは『求めない』だけを読んでいてもわからないことです。

また、彼の英米文学への考え方は独特でユニークなものであり、本書は私家版現代英米文学論と呼んでもいいでしょう。彼のこのユニークな英米文学への発想が生まれた背景には、彼の生き方も大きく関わっていると思います。彼には、自分の興味あるものへ好奇心の赴くまま、奔放に突き進んできたところがあります。その結果、自分が抱えていた自由や自然への感覚とつながる大いなる思想と出会うのです。

そう捉えると、彼は対象が英米文学であろうと、老子であろうと、変わらずに自分のなかにある自由や自然と向き合ってきたことになる。自由や自然を突き詰め、それを捉えようと常に動き続けている。そこにこそ彼の本質があり、自由や自然とはその人の営みのなかにしか見いだせないものなのかもしれません。加島さんに出会ったことは、私にとって一つの出来事、事件であり、また僥倖《ぎょうこう》です。

略年表

一九二三（大正一二）年	一月、東京市神田区松枝町の絹織物問屋の四男（十二人きょうだいの十番目）に生まれる。九月、関東大震災が起こり、生家は焼失。
一九二九（昭和四）年	父死去。
一九三三（昭和八）年	家族で避暑に行っていた鎌倉市の光明寺（浄土宗の大本山）の本堂の大広間で、大の字で昼寝をする（生涯初の「大の字」体験）。
一九三五（昭和一〇）年	東京府立第三商業学校に進学。同学年には、後に詩誌「荒地」に共に参加し、詩人となる北村太郎、田村隆一がいた。
一九四〇（昭和一五）年	早稲田大学専門部へ入学。
一九四二（昭和一七）年	早稲田大学文学部英文科に編入。日夏耿之介に師事。母が死去。
一九四三（昭和一八）年	徴兵され、入隊。
一九四五（昭和二〇）年	終戦を迎え、復学。
一九四七（昭和二二）年	現代詩の同人誌「荒地」に参加。
一九四八（昭和二三）年	「雄鶏通信」編集部に勤務。ドナルド・リッチーをはじめとした翻訳の仕事を始める。
一九五三（昭和二八）年	フルブライト留学生としてカリフォルニア州クレァモント大学院大学に入学。
一九五五（昭和三〇）年	帰国し、信州大学教育学部で教鞭を執る。アガサ・クリスティー、フォークナーなどの翻訳を多数手がけ始める。
一九六六（昭和四一）年	卒業した教え子に招かれ、長野県駒ヶ根市大徳原を訪れる。伊那谷に「心の故郷」を見いだす。

一九六七（昭和四二）年　横浜国立大学教育学部助教授に就任。

一九七四（昭和四九）年　横浜国立大学教育学部教授に昇任。このころには、伊那谷に山小屋を作り、休日を過ごすようになっていた。

一九八六（昭和六一）年　横浜国立大学を辞職。青山学院女子短期大学教授に就任。個人誌「晩晴館通信」の発行を開始。

一九九一（平成三）年　青山学院女子短期大学を退職。

一九九三（平成五）年　一月、『老子道徳経』を現代詩に転じる初の試み『タオ——ヒア・ナウ』を出版。

一九九五（平成七）年　駒ヶ根市中沢の谷にある、田んぼに囲まれた一軒家へ移住し、詩作、書画の制作、老子の思想の再検討など、様々な活動を続け、現在に至る。

主な著作

『英語の辞書の話』一九七六年、講談社（一九八五年、講談社学術文庫）

『ジャパングリッシュ——外来語から英語へ』一九八一年、三天書房

『新・英語の辞書の話——引用句辞典のこと』一九八三年、講談社（『引用句辞典の話』と改題、一九九〇年、講談社学術文庫）

『西洋ユーモア名句講座』一九八四年、立風書房

『フォークナーの町にて』一九八四年、みすず書房

『アメリカン・ユーモアの話』一九八六年、講談社（『アメリカン・ユーモア』と改題、一九九〇年、中公文庫）

『英語の中の常識——パートリッジ『引用句辞典』から［上下］』一九八六－八七年、大修館書店（『ハートで読む英語の名言［上下］』と改題、一九九六年、平凡社ライブラリー）

『ユーモア名句&ジョーク』一九八六年、講談社（編書）
『研究社 カタカナ英語辞典』一九八七年、研究社出版（山本千之・坂田俊策との編著）
『会話を楽しむ』一九九一年、岩波書店
『翻訳再入門――エッセイと対談』一九九二年、南雲堂（志村正雄との共著）
『英語名言集』一九九三年、岩波書店
『詩集 潮の庭から』一九九三年、花神社（新川和江との共著）
『カタカナ英語の話――英語と日本語をつなぐバイパス』一九九四年、南雲堂
『心よ、ここに来ないか――加島祥造詩画文集』一九九八年、日貿出版社
『離思』一九九八年、思潮社
『寄友』二〇〇〇年、書肆山田（編著［故・三好豊一郎の詩と自作詩］）
『いまを生きる――六十歳からの自己発見』二〇〇一年、岩波書店（『老子までの道――六十歳からの自己発見』と改題、二〇〇七年、朝日文庫）
『詩画集 大きな谷の歌』二〇〇三年、里文出版
『加島祥造が詩でよむ漢詩――陶淵明から袁枚まで』二〇〇三年、里文出版
『加島祥造詩集』二〇〇三年、思潮社
『LIFE』二〇〇七年、パルコエンタテインメント事業局
『加島祥造セレクション1　最後のロマン主義者――イエーツ訳詩集（W・B・イエーツ、W・H・オーデン）』『加島祥造セレクション2　秋の光』『加島祥造セレクション3　大鴉――ポー訳詩集（エドガー・アラン・ポー）』二〇〇七－〇九年、港の人
『静けさに帰る』二〇〇七年、風雲舎（帯津良一との共著）

『求めない』二〇〇七年、小学館
『小さき花』二〇一〇年、小学館（書・金澤翔子）
『美のエナジー――加島祥造詩画集』二〇一〇年、二玄社
『未来のおとなへ語る わたしが人生について語るなら』二〇一〇年、ポプラ社（『わたしが人生について語るなら』と改題・再編集、二〇一一年、ポプラ社。二〇一三年、ポプラ新書）
『受いれる』二〇一二年、小学館
『ひとり』二〇一二年、淡交社
『大の字の話――いちばん楽な姿勢』二〇一三年、飛鳥新社
『アー・ユー・フリー？――自分を自由にする一〇〇の話』二〇一四年、小学館
『加島祥造 会話力――英語と比べて』二〇一四年、展望社

老子・TAO関連著作

『タオ――ヒア・ナウ』一九九三年、PARCO出版
『伊那谷の老子』一九九五年、淡交社（二〇〇四年、朝日文庫）
『タオ――老子』二〇〇〇年、筑摩書房（二〇〇六年、ちくま文庫）
『老子と暮らす――知恵と自由のシンプルライフ』二〇〇〇年、光文社（二〇〇六年、知恵の森文庫）
『タオにつながる』二〇〇三年、朝日新聞社（二〇〇六年、朝日文庫）
『エッセンシャルタオ――老子』二〇〇五年、講談社
『タオと谷の思索』二〇〇五年、海竜社（『老子と生きる谷の暮らし』と改題、二〇一四年、河出書房新社）
『肚――老子と私』二〇〇五年、日本教文社（『HARA――腹意識への目覚め』と改題、二〇〇八年、朝日文庫）

『荘子――ヒア・ナウ』二〇〇六年、パルコエンタテインメント事業局
『ほっとする老子のことば――いのちを養うタオの智慧』二〇〇七年、二玄社
『私のタオ――優しさへの道』二〇〇九年、筑摩書房
『優しさと柔らかさと――老子のことば』二〇一一年、メディアファクトリー
『禅とタオ』二〇一二年、佼成出版社（板橋興宗との共著）
『「老子」新訳――名のない領域からの声』二〇一三年、地湧社

主な翻訳書

ドナルド・リッチィ『現代アメリカ芸術論』一九五〇年、早川書房（加島祥名義）
ジェイムス・R・アルマン『白い塔［上］』一九五〇年、新人社（最所フミとの共訳）
ラルフ・G・マーティン『ネブラスカから来た男』一九五一年、早川書房（最所フミとの共訳）
W・フォークナー『墓場への闖入者』一九五一年、早川書房
J・R・アルマン『白銀の嶺［上］』一九五一年、三笠書房（最所フミとの共訳）
アガサ・クリスティー『愛国殺人』一九五五年、早川書房（一九七五年、一九七七年、二〇〇四年、ハヤカワ文庫）
アガサ・クリスティー『葬儀を終えて』一九五六年、早川書房（二〇〇三年、ハヤカワ文庫）
ドナルド・リッチィ『現代アメリカ文学主潮』一九五六年、英宝社
ドナルド・リッチィ『この焦土』一九五七年、新潮社
アガサ・クリスティー『ひらいたトランプ』一九五七年、早川書房（二〇〇三年、ハヤカワ文庫）
アガサ・クリスティー『もの言えぬ証人』一九五七年、早川書房（一九七七年、二〇〇三年、ハヤカワ文庫）
アガサ・クリスティー『死が最期にやってくる』一九五八年、早川書房（一九七八年、二〇〇四年、ハヤカワ文庫）

ドナルド・リッチィ『映画芸術の革命』一九五八年、昭森社（虫明亜呂無との共訳）
モーリス・プロクター『ペニクロス村殺人事件』一九五八年、早川書房
エリオット・リード『恐怖へのはしけ』一九五九年、早川書房
アガサ・クリスティー『雲をつかむ死』一九五九年、早川書房（一九七八年、二〇〇四年、ハヤカワ文庫）
『グレアム・グリーン選集 第5巻 拳銃売ります』一九五九年、早川書房
カーター・ディクスン『弓弦城殺人事件』一九五九年、早川書房
エド・マクベイン『大いなる手がかり』一九六〇年、早川書房（一九七七年、ハヤカワ文庫）
エド・マクベイン『被害者の顔』一九六〇年、早川書房（一九七六年、ハヤカワ文庫）
エド・マクベイン『死が二人を』一九六〇年、早川書房（一九七七年、ハヤカワ文庫）
エリオット・リード『恐怖のパスポート』一九六〇年、早川書房
コール『ブルクリン家の惨事』一九六〇年、新潮社
W・サマセット・モーム『アシェンデン』一九六一年、早川書房
フレデリック・ポール&C・M・コーンブルース『宇宙商人』一九六一年、早川書房（一九八四年、ハヤカワ文庫［フレデリック・ポール&C・M・コーンブルース名義］）
エド・マクベイン『死にざまを見ろ』一九六一年、早川書房（一九七八年、ハヤカワ文庫）
エド・マクベイン『クレアが死んでいる』一九六二年、早川書房（一九七八年、ハヤカワ文庫）
ニコラス・ブレイク『死のとがめ』一九六三年、早川書房
アンソニイ・バークレイ『毒入りチョコレート事件』一九六三年、新潮社（一九七七年、講談社文庫［バークレー名義］）
『世界文学全集 第30』一九六四年、新潮社（ウィリアム・フォークナー「八月の光」担当）

ロバート・ゴーヴァー『百ドルの誤解』一九六六年、早川書房
フォークナー『八月の光』一九六七年、新潮社
ピーター・ギルマン&ドゥーガル・ハストン『アイガー直登』一九六七年、早川書房
『新集 世界の文学 第35』一九六八年、中央公論社（ヘミングウェイ「日はまた昇る」担当）
ジョン・ハーシー『歩くには遠すぎる』一九六八年、二見書房
『ニューヨーカー短編集2』一九六九年、早川書房（マーク・ショアラー「二婦人の肖像」担当）
『世界詩人全集 第21』一九六九年、新潮社（ルイス・マクニース担当）
ロバート・ゴーヴァー『仔猫と政治家』一九六九年、明光社
『微笑がいっぱい リング・ラードナー短編集』一九七〇年、新潮社
『世界SF全集 第3巻』一九七〇年、早川書房（ドイル「ロスト・ワールド」担当）
『新潮世界文学42』一九七〇年、新潮社（フォークナー「八月の光」担当）
『新潮世界文学41』一九七一年、新潮社（フォークナー「兵士の報酬」「サンクチュアリ」担当）
『世界SF全集 第21巻』一九七一年、早川書房（ポール&コンブルース「宇宙商人」担当）
ラファエル・サバチニ『スカラムーシュ［上］』一九七一年、潮出版社（一九九一年、第三文明社［レグルス文庫］、二〇〇〇年、潮出版社［上下］）
『息がつまりそう リング・ラードナー短編集』一九七一年、新潮社
『ここではお静かに リング・ラードナー短編集』一九七二年、新潮社
マラマッド『アシスタント』一九七一年、新潮社
J・R・アルマン『白い峰［上下］』一九七二年、潮出版社
デイモン・ラニアン『野郎どもと女たち』一九七二年、新書館

リング・ラードナー『大都会』一九七四年、新書館
グレゴリー・ヘミングウェイ『パパ――父ヘミングウェイの肖像』一九七六年、徳間書店
アガサ・クリスティー『ナイルに死す』一九七七年、早川書房（一九八四年、二〇〇三年、ハヤカワ文庫）
レアード・コーニク『白い家の少女』一九七七年、新潮社
リング・ラードナー『アリバイ・アイク』一九七八年、新潮社
『世界文学全集5』一九七八年、学習研究社（フォークナー「野生の棕櫚」担当）
『世界文学全集2』一九七九年、学習研究社（マーク・トウェイン「ハックルベリ・フィンの冒険」担当）
デリック・タンギー『どこかで猫が待っている』一九七九年、新潮社
『グレアム・グリーン全集5 拳銃売ります』一九八〇年、早川書房
ロイ・ウインザー『寝室に鍵を』一九八〇年、光文社
エリック・アンブラー『ドクター・フリゴの決断』一九八二年、早川書房（山根貞男との共訳）
ジェラルド・ドナルドソン『書物憂楽帖――オール・アバウト・ブックス』一九八三年、ＴＢＳブリタニカ
『ロンリー・ハート――デイモン・ラニアン作品集3』一九八三年、新書館
デイモン・ラニアン『ブロードウェイの天使』一九八四年、新潮社
Time-Life Books 編集部編『アメリカの世紀1（一八七〇－一九〇〇）』一九八五年、西武タイム
デイモン・ラニアン『ブロードウェイ物語1－4』一九八七年、新書館
『白鳥と鷹と――20世紀英国抒情詩抄』一九八九年、青山学院女子短期大学学芸懇話会
『ラードナー傑作短篇集』一九八九年、福武書店
マーク・トウェイン『トム・ソーヤーの冒険』一九九〇年、第三文明社
マッカラーズ『夏の黄昏』一九九〇年、福武書店

『倒影集――イギリス現代詩抄』一九九三年、書肆山田
マーク・トウェイン『ハックルベリ・フィンの冒険』一九九五年、架空社
アーサー・コナン・ドイル『失われた世界――ロスト・ワールド』一九九六年、早川書房
『イエーツ詩集』一九九七年、思潮社（編訳）
『対訳 ポー詩集――アメリカ詩人選1』一九九七年、岩波書店（編訳）
アーサー・ウェイリー『袁枚――十八世紀中国の詩人』一九九九年、平凡社（古田島洋介との共訳）
フォークナー『熊〔他三編〕』二〇〇〇年、岩波書店
マーク・トウェイン『完訳 ハックルベリ・フィンの冒険』二〇〇一年、筑摩書房
フォークナー『サンクチュアリ』二〇〇二年、新潮社（新潮文庫27刷改版）
リング・ラードナー『メジャー・リーグのうぬぼれルーキー』二〇〇三年、筑摩書房
マリー・ルイーズ・フィッツパトリック『あそこへ』二〇一二年、フレーベル館
バーナード・マラマッド『店員』二〇一三年、文遊社
ウィリアム・フォークナー『兵士の報酬』二〇一二年、文遊社

＊

E・C・ブルーワー『ブルーワー英語故事成語大辞典』一九九四年、大修館書店（編集主幹）

老子の原文は主として『老子』（蜂屋邦夫訳注、ワイド版岩波文庫、二〇一二年）及び『新釈漢文大系第7巻老子・荘子（上）』（阿部吉雄・山本敏夫・市川安司・遠藤哲夫著、明治書院、一九六六年）を参考にした。

加島祥造（かじま しょうぞう）

一九二三年東京生まれ。英文学者、詩人、墨彩画家。信州大学、横浜国立大学、青山学院女子短期大学に勤め、フォークナー、トウェイン、ポーをはじめ、数多くの翻訳を手がける。九二年、英語版『老子』から自由な翻訳を試みた『タオ―老子《ヒア・ナウ》』が話題に。著書に『伊那谷の老子』『求めない』『受いれる』など多数。

「おっぱい」は好《す》きなだけ吸《す》うがいい

集英社新書〇七六六C

二〇一四年一二月二二日 第一刷発行

著者……加島祥造《かじましょうぞう》
発行者……加藤 潤
発行所……株式会社集英社
東京都千代田区一ツ橋二-五-一〇 郵便番号一〇一-八〇五〇
電話 〇三-三二三〇-六三九一（編集部）
〇三-三二三〇-六〇八〇（読者係）
〇三-三二三〇-六三九三（販売部）書店専用

装幀……原 研哉
印刷所……凸版印刷株式会社
製本所……株式会社ブックアート

定価はカバーに表示してあります。

ISBN 978-4-08-720766-8 C0210